开始我们都是新的

沙 戈◎著

回族当代文学典藏丛书

杨宏峰◎主编

黄河出版传媒集团
宁夏人民出版社

图书在版编目（CIP）数据

开始我们都是新的／沙戈著. —银川：宁夏人民出版社，2015.3

（回族当代文学典藏丛书／杨宏峰主编）

ISBN 978-7-227-06005-5

Ⅰ. ①开… Ⅱ. ①沙… Ⅲ. ①中国文学—当代文学—作品综合集 Ⅳ. ①I217.2

中国版本图书馆CIP数据核字（2015）第065568号

回族当代文学典藏丛书 杨宏峰 主编
开始我们都是新的 沙 戈 著

责任编辑 陈 晶
封面设计 石 磊
责任印制 肖 艳

黄河出版传媒集团
宁夏人民出版社 出版发行

地 址 银川市北京东路139号出版大厦（750001）
网 址 http://www.yrpubm.com
网上书店 http://www.hh-book.com
电子信箱 renminshe@yrpubm.com
邮购电话 0951-5052104
经 销 全国新华书店
印刷装订 宁夏报业传媒印刷有限公司
印刷委托书号 （宁）0016905

开 本 880 mm × 1230 mm 1/32
印 张 7.75
字 数 170千字
印 数 2200册
版 次 2015年4月第1版
印 次 2015年4月第1次印刷
书 号 ISBN 978-7-227-06005-5/ I · 1500

定 价 26.00元

回族当代文学典藏丛书

主　编　杨宏峰

副主编　石彦伟　石舒清　李有智

沙 戈

回族，中国作家协会会员，著有诗集《梦中人》《沙戈诗选》《尘埃里》，散文集《开始我们都是新的》，历史文集三部。作品刊于《人民文学》《天涯》《十月》《大家》《散文》《美文》《诗刊》等，作品入选多部中国年度精选集及各类诗歌选本，入编《中国西部现代文学史》，有作品翻译到国外。入围第三届鲁迅文学奖，获敦煌文艺奖、黄河文学奖、《诗刊》优秀作品奖，参加第十九届青春诗会。曾就读于鲁迅文学院作家高研班。

承智慧世，回族文学之时代乐章[①]

杨宏峰

在全球化语境中，面对世界文学与中国文学的迅速发展与变化，民族心理结构的重组与来自各种渠道的文化交汇，当下的回族文学正处于觉醒与嬗变、返璞与升华之阶段，明显表现出一种认知本土、多维建构之态势，并取得了令世人瞩目之成就。这是广大回族作家选择既开放又坚守之文化策略，以其先进性与科学性认知回族文学的价值取向与民族现代性之建构。

回族文学是中国文学这个大系统中的一个重要组成部分。拥有丰富多样的民间口头文学遗产，其历史悠久、区域性影响广泛，同中亚与西亚以及世界历史文化有着密切联系，同时拥有众多作家创作的书面文学传统，构成现代文学之雄厚基础，成为考察其回族现代民族性之前提与依据。华夏独特的地理环境形成的文化积淀，孕育了丰富多彩而又极具特质的物质与精神文化，从古代回族神话、口头文学一直延续到当代回族作家文学，其间浩浩乎经历了几百年之历史烟云，成就了璀璨的回

①本文系第二批“回族当代文学典藏丛书”之总序，本“总序”在第一批丛书“总序”的基础上做了部分修改。

族文化。尤其是近代以来，回族作家文学浸润着古老的民族文化精神，凸显着一股蓬勃鲜活之气。回族文学在新时期以来的发展，基础扎实、步伐持重，故成就突出，百花满园，涌现出了强大的文学队伍，老中青三代回族作家形成了一个特殊的文学艺术共同体，共同体成员拥有丰富的民族文化遗产，并在文化想象与文化表达上具有一致性，皆能展现出其独特的自我意识。他们共同努力，勤奋耕耘，一批叫得响、立得住、受读者欢迎的精品力作不断涌出，不仅在少数民族文学界形成优势阵容，在中国文学长廊里亦是一道亮丽的风景。宁夏人民出版社历来关注和助推回族文学的发展，力荐优秀作家与作品，为回族文化留下丰富的心灵传记与动人的时代乐章，这是我们一贯坚持的主张。在20世纪八九十年代，我们就曾推出一套“当代回族作家丛书”，相继编辑出版了木斧、胡奇、张承志、马犁、马连义、张宝申等在中国文坛具有代表性的一批回族作家的作品。

后来，又陆续策划出版了一批以回族题材为特色的文学作品和理论著作，有力地促进了回族文学的持续发展与繁荣。这一时期的回族文学，在历史记忆、文化想象、族群认同等方面，具有特别重要的意义，并呈现出一派欣欣向荣之局面。文学的民族性是以该民族的世界观、价值观、美学观作为一种本质性之精神实体，艺术地表达一定社会与民族独特的历史与精神生活，在精神与实践之具体运动过程中不断变化与深化，并在文学文本中圆满地得到反映。民族文学一方面体现民族历史、社会特征，另一方面展示地域文化形态，两方面皆存在于民族文学的每一个结构层面里，最终体现在多层面组成的民族文学总体风格特色中。一个民族总是生存在特定之社会环境中，传承着特定的文化基因，有同其他民族文化特定之交汇，这是寻觅民族文化心理轨迹之出发点。长期的游牧农耕文化铸就了少数民族有别于其他民族之特性，这就是少数民族文学生存繁荣之土壤。在民族社会生活之表层，揭示出一种深刻的意蕴，亦即那些能够左右一个民族的生存与发展之特质，民族赖以生存之自然地理环境，特有之历史文化氛围以及特定的文化归属、情感归属、灵魂归属、信念归属、民族心理结构与民族性格。回族作家追溯本民族特定之精神文化与族群记忆，并对文化的积淀、地域的影响、生活的特质与当下现实进行深入探索，通过异彩纷呈的民族生活、特有的民族韵味，创作出了具有民族审美特质的作品。作品挖掘民族精神，向世人展示回族人民的勤劳质朴、豪爽宽厚、勇敢机智的性格内涵；让世人真实地了解到这一民族之所以在历史长河中生生不息、不断发展之内在因素。与此同时，回族有着很强的内聚力，这是回族人民生存之需要。有许多有识回族作家反思内聚力之二重性，在讴歌本民族这种内聚力所形成的勤奋耐劳、不屈不挠的精神之同时，还揭示了这种内聚力的消极之一面，即它所带来的封闭、对新事物的不敏感等，皆是阻碍本民族进步之痼疾。很多回族作家的作品触及与揭示了这些心理细节之复杂内涵，这表明了回族作家已经认识到困扰本民族发展之因素，这种反思与觉醒，对于文学的发展有着积极的助推作用。

每个时代的乐师，皆应弹奏出自己时代之乐章。时代精神既包含着现代意识，又囊括了当下人们可以感知的文学风格、审美习性、哲学思考、价值取向、社会情绪等多种社会基因。由于历史的变迁与各民族之融合，回族文学正处于动态变化与不断被创造之过程中。当下民族经济生活从自然形态逐步向市场化形态转变，从而导致了民族心理结构之重组与来自各种渠道的文化交汇。全新的经济格局以及新的社会心理与理念，既令人惶惑又令人兴奋地进入现代场景的五彩生活之中。在这种精神交汇、思潮辐辏之当代场景里，一向以稳重、庄严著称的少数民族文化也与其他文化一样，表现出顺应与参与之积极态度。在当今社会转型期，这种特质遭遇着前所未有之文学嬗变，新时期以来回族文学之实践也愈来愈表明了这种嬗变之不可抗拒性。故现在对回族作家作品或某种文学现象进行界定时，我们已失去了往日文学批评所表现出的轻松与从容，已经很难用回族固有之思维习惯、审美判断、情感表达方式来明确界定，这是回族文学自身在发展中带来的质的增生，也是对新的叙事模式的一种激情召唤。在这种文化愉悦交汇与思潮尽情辐辏的当代场景中，自然亦形成了现代理念与传统理念双重意识观照下的当代回族文学的时代特征与价值判断。特别是进入20世纪80年代以后，回族文学的发展出现了崭新之局面，涌现出了一大批作家作品。这个时期的回族作家较之五六十年代的回族作家，显然有了更自觉更强烈的民族文化归属感，对于民族文化、民族精神也有了更深入之认识与感受。在创作上，他们不满足于从表象上表达民族特色，而是努力深入到民族生活、民族思维、民族心理、民族情感的更深层次中去，深入挖掘民族文化、民族精神在人物内心世界中之积淀及其变化，力求在创作中将民族化与现代化、民族意识与现代意识、民族特色与时代精神较好结合起来，从而将民族的生存状态与文化性格揭示出来。从20世纪80年代到世纪末的回族文学，在民族性上，显然得到了极大的强化与普遍认同。这个时期的回族文学创作，其现代生态主义写作已进入了他们的写作视野，突出表现了在中国最浩渺、广阔的人文地理空间、人与环境及其他生态之特殊遗存关系。宏大叙事不再“一枝独秀”；许多作品视角下移，通过描绘普通人、底层与草根故事，把时代精神、民族精神的成长还原为具体人的精神成长，放大了人性描写，从而受到文坛关注。在创作方法上也主张多元共存，叙事类型、叙事视角、叙事模式与叙事手法皆逐渐呈现出多样化与个性化之趋势。很多回族作家在通过作品体现民族性上，有了一种自觉意识，有了文化归属感；在创作中描绘民族生活、表现民族的生存状况，皆更加凸显了民族性。这个时期的作品，与作为主流文学的汉族文学作品相比，没有停留在表现民族性的表象上，而是从精神之层面，从思想理念与心理情感之层面去揭示民族性，作品所呈现给读者的更多的是一种异质文化表象图景。在很大程度上，读者与社会也正是从这种异质文化图景来接受作品的。这种异质文化图景与民族性是一致的，并且凝结为一种精神动力，一种文化品格。

很显然，文学的民族性之形成与获得是一个建构的实践过程，在这个过程中，身份认同、文化想象具有特别重要之意义。人类学家科班说：“任何地域共同体，只要其成员意识到自己作为一个共同体成员的存在，并希望维持他们的共同体的整体性，就是一个民族。”(耶尔·塔米尔：《自由主义的民族主义》，上海世纪出版集团，2005年版，第59页)对作为民族实体的共同体之认同，将自己看成是共同体中之一员，在共同体中确定自己的文化身份，这是形成民族性之首要一步，也是最关键之一步。如果没有这种身份上之自觉认同，也就不会有民族性之形成。但这里的认同，不仅仅是一种身份之认同，不是那种一厢情愿地认为我就是那个民族的简单表述，更重要的是，它体现了一种文化的归属感。即是说，认同共同体的历史记忆，认同共同体的文化行为与文化价值，认同共同体的精神信仰；在想象中，将自己的命运与共同体的命运联系在一起，将自己的信仰、情感、价值理念等归属于共同体中，从共同体中寻找历史渊源、精神渊源、文化渊源、情感渊源，在共同体中塑造与被塑造。在很大程度上，我们可以说，文学的民族性是在文化想象中建构起来的。

决定一个共同体之成为共同体的是文化，体现民族文学中民族性的也是文化。民族文学怎样获得民族性，说直接一些就是怎样表达民族文化与民族精神。从本质上来看，文化是日常性的，就是人们日常之生活，人们的行为模式、思维方式、情感形式，人们的精神信仰，以及人们为表达精神信仰所创造的一系列仪式符号。建构民族文学的民族性，就是要求作家在文学中表达民族的生活，关注民族个体生命的存在状态与现实处境，从民族之日常生活中发现民族精神与文化品格，皆是民族命运。而要表达民族生活，揭示民族命运，更重要的是需要我们的回族作家有丰富的文化想象力与感受力，而这种想象力与感受力则是在回族作家对民族文化、民族传统、民族日常生活有皈依感之前提下才能获得的。回族作家对民族文化、民族传统、民族生活之认同，对于作品民族性之获得，是具有决定意义的。“生活在自己的民族中具有更多的优点。它提供了被重要的他者承认的可能性，不管这个他者是自己的长辈还是同辈。他们理解我，就像我理解他们一样。而这种理解在我的内部创造了在这个世界上我并非无足轻重的感觉……民族生活使个体能够享受到一定程度的、光凭自身不能体验的自我实现。”(耶尔·塔米尔：《自由主义的民族主义》，上海世纪出版集团，2005年版，第80页)当民族与民族生活对我们的回族作家有这样的意义的时候，回族作家创作中的民族性，就一定是一个自然之过程。亦即说，回到民族文化中去，回到民族传统中去，回到民族生活中去。这样，回族文学的民族性就一定能够得到彰显与强化，这是保证回族文学获得民族性之根本。

透过这些散发着浓郁回族民族特色的文学作品，我们看到了一个承载着坚韧、清洁、挺拔与希望的博大、宽厚的精神载体，看到了记录时代、紧贴大地、挖掘普通人内心世界的民间情怀，此乃源于回族作家对生活的丰厚积累和深刻洞察。这些作品，是对回族优秀文明及其精神信仰之依赖与传承，也是对当下时代的某种浮躁之风的抵阻。因为昨天的文化自觉，回族作家开始了对自我的审视与书写；因为今天这些作品的呈现，使我们对未来的回族文学充满更多的文化自信与美学期待。

我们由衷地希望这套“回族当代文学典藏丛书”所传递的民族精神延伸至全国与世界。因为回族文学的意义与价值，不仅在于对本民族的精神表达与民族性建构，还为构建文化强国贡献着独有的精神智慧；即便在全球化语境中，回族文学对维系民族文化的多样性、丰富性，并拓展华夏文明与世界文化对话，仍有不可替代之效用。我想，这正是“智慧天下”之意涵所在。

目　录 CONTENTS

◎开始我们都是新的…………………/ 1
◎不能没有盐……………………… / 9
◎原　罪…………………………… / 17
◎隐藏的门………………………… / 25
◎速　度…………………………… / 30
◎生日魂魄………………………… / 35
◎滴水的月亮……………………… / 40
◎爱情价更高……………………… / 50
◎无边的快乐……………………… / 58
◎悲伤，不悲伤…………………… / 65
◎给自己寄的包裹………………… / 73
◎胆　怯…………………………… / 85
◎方圆一里地……………………… / 90
◎紧箍咒…………………………… / 105

◎西天的边上…………………………………/ 115
——新疆笔记
◎时间 · 地点 · 人物……………………………/ 126
◎那些花儿…………………………………………/ 146
——与砖雕有关的琐记
◎爱情长老了………………………………………/ 152
◎花 · 骨头 · 泥砖屋……………………………/ 157
◎一半是抛弃，一半是拥有………………………/ 161
◎我产下了一个婴儿………………………………/ 165
◎比缓慢更缓慢……………………………………/ 170
◎酒吧就是用来离开的……………………………/ 175
◎想起曹雪芹与康熙………………………………/ 178
◎习习风吹…………………………………………/ 181
——给散文家习习
◎记忆的尘土，雕刻的灰…………………………/ 187
——悼画家韦尔乔
◎就这样把“高级灰”删除………………………/ 190
◎轻柔含蓄不浮躁的假……………………………/ 193
◎城市里另一些花儿………………………………/ 196
◎亦正亦邪亦是爱…………………………………/ 198
◎说说娄烨的《颐和园》…………………………/ 200
◎越爱越坠落………………………………………/ 202
——电影《蓝宇》和《洛丽塔》碎语
◎做一个爱玩的诗人………………………………/ 205
◎布尔津究竟在哪里………………………………/ 208

◎只爱一点点…………………………………/ 213
◎练习怀旧……………………………………/ 216
◎关于铁轨的笔记……………………………/ 219
◎喜欢扁扁的若干条理由……………………/ 222
◎我穿过了时间，而不是世界………………/ 225

开始我们都是新的

在栅栏门被关闭之前，
在最后的问题被提出之前，
在我被改变之前。
在野草长满花园之前，
在再无原谅之前，
在水泥硬化之前。
在所有的笛孔被遮住之前，
在物品被锁进碗橱之前，
在规则被发现之前。
在结局被制定之前，
在上帝合拢他的双手之前，
在我们无处立锥之前。

——阿米亥

小虮子端着饭碗，坐在向日葵边上的碎砖头上。她瘦瘦黄黄的，比我还瘦比我还黄，我已经够瘦的了，小胳膊像根葱，嘎巴一下就能掰折，我还没有头发，脑袋又秃又尖，跟倭瓜差不多。而小虮子，她有些稀稀黄黄的头发，在脑袋后扎了个鬏鬏，虽然比别的女孩的一个辫子还细。

我夹了两筷子洋芋片，舀了两勺子西红柿炒蛋，就出来了。我在她旁边坐下，看了眼她的碗，面，还是面，和了不少辣子，红红的。她家一年四季都吃面，陕西人说，米吃不饱肚子，得吃面，面才是正经饭，才能抵过大半天的饿。我就纳闷，米咋吃不饱了，米不叫正经饭那什么叫正经饭。

小虮子也看了一眼我的碗，又低头吃面了。没菜，就是面。

我用筷子夹起一小块鸡蛋和两片洋芋，犹豫了一下，还是放到她的碗里。她低着的脸一下子红了。我没有吭声，抬头看着向日葵，已经锣大的盘子了，伸过来，低低探着我们。我伸手揪了一粒葵花子，放在嘴里，一咬，皮皮软软的，肉水稀稀的，是盘子中央的一粒，盘子边沿的应该已经硬了。

夏日的午后，大人们都午休了，院里万籁俱寂，蜜蜂像一群晕车的人，嗡嗡嗡打着旋儿。这时候，我们想去哪里就去哪里，没人约束。还有一个原因，我因为是个秃子，自己不愿走得太远，和小虮子一起，就壮了胆子，不怕别人笑话。

我们从医院的后院散到前院，医院的正门就在那里，大门外侧两边的墙上写着斗大的红字：

龙生龙，凤生凤，老鼠的儿子会打洞。

老子英雄儿好汉，老子反动儿混蛋。

来就诊的病人，都要经过这些标语，才能进入大门，到门诊部。急诊室在门诊部的第一间，这里经常围着一堆人，是送病人的亲友。我们看见几个穿工装的人，焦急地从窗户向里望着，还有几个人挤不上去，蹲在地上沉着脸抽烟。

这里一年四季天天如此，抬进抬出的，哭喊嚎叫的，不是这折了就是那断了的急诊病人。

我们从门诊大楼的侧门溜进去，那里阴阴凉凉的，没什么人。我们想去病理科，那里才有好看的。

经过急诊室的门时，门开着，一个全身烧焦的男人被搁在地上，黑黑的，没有一丝动静。他不疼吗？死了？

我停了停步子。护士来来回回地穿梭着，像无声的浮云飘来飘去。那个人就那么静静地躺着，一声不吭，一动不动，但还活着。

我嗅到了一股子焦煳味，和来苏水味混在一起，怪怪的，我却爱闻，我喜欢各种怪异的气味：火药味、酒精味、鱼腥味、土味、雨味、刮风的味道、湖水的味道……

那个人可能活不成了，我想。那个人连叫都不叫，一点声音都没有，肯定不行了。

小虮子拉了拉我，向我往里努了努嘴。

病理科。

和小虮子扒着病理科的门缝看，中午，只有一个值班军医，女的。她背对着我们，正在水池里洗衣服，旁边放着刚吃完饭的空碗。我们像两股小风，从门缝里刮了进去，先躲在了泡着一对连体婴儿的大药瓶子下面。

那对连体胎儿脸贴着脸，一个不看一个，各自把脖子扭到一边，还互相仇恨的样子，捏在水里的拳头像要互相对击。他们是仇人吗？为什么连在了一起，他们像要死命地分开，送了命却还使着劲。看来，他们的确是一对仇人，一个害死了一个。

那个值班女军医洗完衣服又洗碗，水声哗哗的。

第二排的瓶子有大有小，其中一个瓶子里是锯下来的一只成年人的手臂，另一个瓶子里是一条完整的大腿，还有糖水罐头大小的瓶子里装着一个拳头大的紧闭着眼的胚胎。

这么近距离地看这些奇异的形体，还是头一次，身上的肌肉都紧绷了起来，脸上的一根筋在突突地跳。

这些标本安静地住在瓶子里，有一个共同特征，都是一副不屑的样子，包括那些手臂和脚，大气磅礴，一点也不猥琐，更不像曾经疼痛过。

我和小虮子缩起了脖子，不敢抬眼，快抽抽成一团了。

女军医洗完碗了，哼着歌子，到角落的小床上睡午觉了。

她和这些瓶子睡在一起！我盯着她看，又不敢盯住她。她很舒服的样子，躺在白床单上，拉开军用被，那种感觉就好像那些瓶子是她们家的酱油瓶、醋壶、花盆什么的。

我的后脊梁刮起了一股小风，凉飕飕的，回头一看，小虮子正贴着我，一头冷汗地喘粗气呢。

我悄声埋怨她："特想来的是你，打哆嗦的也是你。"

我听见我说话的声音也抖抖的。

"不是。"小虮子辩解，"我觉着，这些婴儿的爸妈就把他们丢在这里了？不要他们了？是不是他们又生了新的孩子，你看，那些丢了胳膊腿的人，是不是自己不要自己了？是不是他们又长出了新的胳膊和腿？”

“当然了。”我说，“有新的谁还要旧的呀。你看，那些树枝，锯掉旧的才能长出新的，还有，王强他妈，生了一个瘸腿的孩子，就送人了，不要了，然后又生了王强，是新的，好的，就要了。”

小虮子猛地一转头，盯着我：“那你说，像我们俩这个样子的，算不算好的？他们会不会生了新的也不要我们了？”

那天夜里，我发起了高烧，糊里糊涂烧了一夜。第二天，我被送到急诊室，做了个皮试，手腕上起了一个小泡泡，没有发红，打了青霉素。

这天是礼拜四，是医院铁定政治学习时间。晚上，爸妈去科里学习了，他们学习的内容坚如磐石：一、读最高指示。如：伟大领袖毛主席教导我们，凡是敌人反对的，就是我们拥护的。二、读一篇最新社论。三、高唱《大海航行靠舵手》：“大海航行靠舵手，万物生长靠太阳，雨露滋润禾苗壮，干革命靠的是毛泽东思想……”

我一个人睡在小床上，迷迷糊糊的，过了很久，远处传来敲门声，一点一点地近了，又一点一点地远了……又过了很久，隐隐约约传来了砸门声，我好像一颠一颠的，渐渐的，我就又睡着了。

我睁开眼睛的时候，已是第二天了。小虮子蹲在我的床边，惊恐地回过头，喊：“妈，快看！快看！”

小虮子的妈叫着：“娃醒了！娃醒了！”

我爸一屁股坐下去，瘫在那里，我妈一下拉住小虮子的妈，说："多亏了你呀，要不娃就坏了……"

中午，我和小虮子端着饭，坐在碎砖头上。

"青霉素过敏！"小虮子尖着嗓子，"敲门不开，砸也不开，我妈急了，用木棒撞开的门，背着你跑到急诊室呢……"

我忽然想起来了，一颠一颠的，然后就很舒服了。

被搁在地上的那个烧焦的男人，哪也不疼，像睡着了，恐怕就跟我昨晚差不多吧。

我说："其实很好呢，像睡了一觉，挺舒服的，而且，这一下肯定就又长成新的了，如果不是新的，也许现在就在那些瓶子里了。"

小虮子惊恐地瞪大了眼睛，尔后又用敬佩的眼神望着我："对对对，肯定长成新的了你，什么都没丢啊你，多好啊，你爸你妈还是那么想要你。"

晚上，小虮子神秘兮兮地对我说："我学到了一个神方，你保证谁都不许传，我就说给你。"

"我保证。"

"是孔老二的神方。"小虮子凑近我的耳朵，"只要在鼻梁上刮一百下，就会万事风顺了，随心如意了。"

小虮子让我躺下，她蹲在我的小床边，用一根手指甲在我鼻梁上轻轻地一下一下地刮着，边刮边数："十五、十六……七十、八十……九十八、九十九、一百！"

她拿过镜子让我看，我的鼻梁血丝丝的，钻心地疼，我想，我连快死了都没觉得疼，怎么现在却这么疼呢？小虮子赶快说："好了，现在你给我刮。"

我下了床，她躺下了，我照着她的样子，一下一下把她的鼻梁也刮出了血丝丝。

从那天起，我和小虮子的鼻梁上就有了一个细细的橄榄球形的伤疤，慢慢地结了痂，硬硬地爬在鼻子中间。我发现，院子里的孩子鼻子上都有和我们一样的红血痕，却都缄默不语，谁要是一提孔老二，都既敬畏又紧张，生怕被人听到。我不知道，这个叫孔老二的人能给我们带来什么，主要是我不知道他是干什么的，是哪个村的，出身是什么。

不过，自从刮了一百下，我就开始稀稀疏疏地长出头发了，这叫人无比的欣慰。

“怎么样？”小虮子骄傲地说，“还是孔老二厉害吧？”

“厉害，厉害……”

“那我呢？”

“你？孔老大！”

我和小虮子坐在门诊部的墙根下，晚霞渐渐暗下来了，医院陷入了漆黑，飞雀和青蛙都停止了了鸣叫，湖水把亮光收在了手里，握着。月亮静静地攀上了夜空。

通常，这个时候，我们靠着的墙根的另一面就会亮起灯，就会有凌乱的脚步声，伴着嘤嘤的哭声。在那里，不光夜晚会这样，白天也经常如此，他们在那排小平房里，为自己的亲人送行，为他穿衣、整理遗容……

那排简陋的平房连窗户都没有，门也是敞开的，那里没什么好锁的，又不怕丢什么东西。那里面的几张石灰床上有时是空的，有时每个床上都放着人，甚至地上也被占满了。

我和小虮子曾经扒在门上往里看过，那些人僵硬地直着，不出声，他们素不相识，睡在同一间屋子里，整装待发去另一个世界。那天，一只野猫嗖的一下蹿到了石灰床上，又嗖的一下蹿出门去，石灰床上僵直的人抖动了一下，像是想坐起来，又躺下了。

一个男人一丝不挂地躺在冰凉的石灰床上，他的整个身体是绿色的。他是被电击死的，高压电。而且一下子击开了，没有吸住，人就是绿的，如果吸住了，人就会变成焦黑色。我想，这个人活着的时候，一定很好看，一定是高大英俊威风凛凛的，一个年轻崭新的身体被高压电突然变成了绿人，就变成旧的了，就不好看了，而一旦变成旧的，就要被收走，不论你是自己长旧了还是突然被什么变旧了。

望着小虮子脑后黄黄的小鬏鬏，小虮子也望着我刚刚长出的几缕软发，两个瘦弱的身体紧紧靠在了一起……

院子里的向日葵成熟了，我们把向日葵的秆子一个接一个地翻倒，夹在胳膊肘下，转几圈，扳下，然后又冲上去，扳……

夜色越来越蓝，我们躺在向日葵秆上，最大的向日葵被掰成了两半，一人一半抱在怀里。夜空偶尔有流星飞过——那些被夜空磨碎的岩石，像雨点就要落在我们的脸上，麻麻凉凉的。我和小虮子新生出的几缕软发在夜风里左右飘摆着，我们多么珍爱它们啊，即使它们还那么软、那么黄、那么稀疏无力……

不能没有盐

那个炎热的中午，人们提着空碗懒洋洋地从食堂走出来。一张小字报贴在食堂西侧的边门上，病历纸那么大，密密麻麻写满了规整的小楷。

那时候，已经不允许再贴大字报了，人们有好几年没有在食堂里看到过大字报了。大字报猛烈的时候，都集中贴在食堂里，整整齐齐三大排，过几天呼啦一下全撤了，没几天呼啦一下又贴出新的。人们端着碗在大字报间穿梭，大字报占去了原来摆桌椅的位置，人们就围着大字报蹲成一圈，吃饭。

医院里的气氛从那天中午变得奇异起来。人们走在路上，相互对视着，不说话，匆匆走了。我去找梦乐，上学路上，梦乐也不说话，她一路沉默着，好像知道什么。

我问她："咋了？"

她哀哀地说："我家出事了。"

"啥事？"

"我爸被保卫科带走了。"

"为啥？"

"有人贴了小字报，说我爸和吴大辫子乱搞男女关系，吴大辫子怀孕了，宫外孕，大出血，快死了。"

梦乐蹲在树坑里嘤嘤地哭了起来。

吴大辫子，我知道，那个丰满、白嫩，甩着两条油黑大辫子的军区司令员的女儿。每天中午，都从食堂打了饭，端着饭碗到梦乐家吃的漂亮护士。她喜欢梦乐爸，梦乐妈也喜欢她。

"要是她死了咋办？"我问梦乐。

"我爸就得坐牢。"

吴大辫子，别死，吴大辫子，别死……一路上，我和梦乐心里都不断重复着一句话。

吴大辫子真的奇迹般地被救活了。人们说，要是普通老百姓准保没救，可她是司令员的女儿，司令员的女儿，就是不一样！

医院的气氛轻快了一些，人们见面有说有笑了。对于梦乐她爸，医院里传着三种说法，一种说法是免职，党内警告处分，下放到野战医院改造。第二种说法是开除党籍军籍，遣送回原籍。第三种说法是上军事法庭审判。从此，梦乐她爸就从医院消失了——那个俊朗挺拔、温文尔雅的医务部主任，再也没有出现在急诊室或者住院部的任何一个角落。

傍晚，我和梦乐坐在小西湖的芦苇丛里，青蛙正长一声短一声地叫，她说："今晚到我家看电视吧。"

"看什么？"

“《望乡》。”

“就是日本妓女的那个电影？”

“对。”

“不行，我妈肯定不让，前几天我抄了一首邓丽君的歌词，被我妈发现了，非让我交代是写给谁的信，吓得我不敢吭声，她就把那张纸撕了。”

远远的，我听见我妈喊我的声音。她隔着家属院的围墙朝着湖面喊，声音越过湖面，断断续续飘到我的耳朵里，也飘到每一家人的耳朵里。这时，又听见几个叫自家孩子的声音，“鹏儿——鹏儿——”“老刚——老刚——”“梦三儿——梦三儿——”

梦三是梦乐的弟弟。梦三刚从湖对面的另一片芦苇丛里发出闷闷的“噢——”夜，一下子就静了。

我睡不着，抱着半导体收音机在被窝里一点一点地找台。每当这时，我总想找到那个哆声哆气鼻音很重的播音员。她懒洋洋娇滴滴地，说：“邓丽君不仅歌唱得好，人也长得甜，下面，请听她为我们献上一首《何日君再来》。”

好花不常开，好景不常在，愁堆解笑眉，泪洒相思带。今宵离别后，何日君再来，喝完了这杯，请进点小菜，人生难得几回醉，不欢更何待。来，来，来，喝完这杯再说吧！今宵离别后，何日君再来……

慢慢的，我就睡着了。一夜，半导体兹拉兹拉地响着，只有电流的声音。

梦主任的处理结果公布了。他出现在医院灯光球场的时候，人们围了上去，握着他的手摇，像握着一个凯旋的战士。他没有被判刑，也没有被遣送回原籍，他是建院以来最有能力的医务部主任，医院不想放他，他被暂时下放到了野战医院。

我和梦乐心里那个高兴，一放学就爬在她的小床上打扑克，打得正欢，梦静进来了，梦静是梦乐的姐姐，白皙、漂亮，不是普通意义上的漂亮，那时还没有“美人”这个词，就只能用浅简的漂亮形容了。

梦静已经初中毕业了，发育得既饱满又苗条，是院子里的头号大美人，她对我们这些黄毛丫头从来都不屑一顾，因为她觉得我们屁都不懂。她见我和梦乐又在房间里折腾，眉头一皱：“去去去，小屁孩，出去打去。”我们就跑到窗户外面的墙根下打。我们知道，她一高兴就又要看书了，她不知从哪弄来一本《飘》，每天都把书摊开在五斗柜上，站着看一阵，就啜泣开了，再看一阵，又笑了。她边干家务边看书。她扫地，扫一间屋子，就过来看两页，书不合上，再去扫，扫一间，又看。有一次，风把书页吹乱了，她大呼小叫，摔碟子摔碗，所以，我们一见她要看书了，就躲得远远的。

三个月过去了，梦乐她爸的下放期满了，被重新调回到医院恢复了工作。人们又开始老远地叫他梦主任了。我爸每天下班和他一路回家，有说有笑的。我和梦乐高兴，放学路上，梦乐说：“走，上我家吃饭去！”

梦乐的妈妈在厨房里包饺子，梦静一边看书一边帮着端盘子，见我来了，不但没有皱眉，反而弯眉一笑，眉眼就变成了好看的明月亮。她递给我一个梨：“先吃这个，马上开饭。”

梦乐的妈妈尝了尝饺馅，“淡了。”她摇了摇头，“得再加点盐。”我的心里暖暖的，好像也是她家的孩子了。我和梦乐一边举着梨，一边追梦三，我们要给他洗脏手，他不让洗，还把脏手往我们身上抹，我们咯咯笑着硬是捉住了他，把他的手压进盆里。

坐在小木凳上，端着碗，眼睛齐刷刷地盯着一个九寸黑白电视。不知道哪个智商很高的人发明了一种彩色电视屏罩——三色塑料纸，罩在电视屏幕上，电视就变成彩色的了。上层蓝色，中间黄色，下层红色，这样，天空就是蓝色的，人的脸是黄色的，身上穿的衣服就是红色的了，好看！

可是，电视里也不总是天空、人和衣服，经常会有汽车、公路或驴子什么的，这时颜色看上去就有些不对劲，怪怪的，比如，人脸特写，脑门是蓝色的，鼻梁和嘴巴是黄色的，下巴胡子是红色的。

我爸说：“不行，咱也得买台电视，要不孩子总往人家家里跑。”我妈说：“咱攒的钱不够，这月该给你妈寄钱了。”我爸说：“这月不寄了，先买电视。”“不行。”我妈说，“你就知道爱面子，要不，这月给我妈的钱停停。”他们在里屋盘算了很久，听着听着，我又睡着了。

放暑假了，医院用卡车把我们拉到一个露天游泳池。一闻水味我就兴奋，换上红泡泡泳衣，跳进水里乱扑腾。梦乐一下就呛了水，还笑，脸憋得通红，还笑。我们俩在水里，看见梦静站在岸上，亭亭玉立，身边有一个英俊洒脱的小伙子，幸福地为她撑着伞。梦静脸上泛出了恋爱的红光，甜蜜温婉的样子。我和梦乐傻傻地笑着，我呛了一口水，梦乐张着嘴一个猛子又扎进了水里。

梦乐告诉我，梦静的男朋友是电视台的记者！我听了心里酸酸的，记者，多么神秘的职业，多么令人企盼啊，只有大美人梦静才配得上这样英俊的记者。

暑假还没结束，梦静就被分配到了一家做螺丝帽的街道工厂。工厂离医院不远，在北面半山坡上。梦静每天骑着崭新的28飞鸽去上班，下班再从半山坡上冲下来，头发飘飘的，不捏后闸，就那么冲，她和她的车子都在阳光下闪着光亮。

一个月后，梦静领回了工资，28块，交给妈妈。第二天，天黑了还没有回来。夜里，工厂来人了，拎着一只鞋，问梦乐妈妈认识吗？

“咋不认识，是梦静的鞋呀！”

工厂的人沉默了，拉着梦乐的妈妈就走。

凌晨，梦乐的妈妈回来了，手里提着那只鞋，两个女工搀着她。

没有梦静。

“妈！妈！我姐呢！”梦乐跳下床。

两个女工拉开梦乐，低低地说：“你姐昨天下班的时候，被一辆卡车挂上了，司机不知道，拖了三十多米……”

有一种动物叫知了，春生夏死
有一种动物叫蜉蝣，朝生暮死
宇宙间，人与知了、蜉蝣区别的本质是什么？

若干年后，我读到这首无名小诗，一直记着，现在，把它誊写在这篇文章里，暂且放着，先不删去。

梦乐的爸爸一下就憔悴了，挺拔的后背变弯曲了，俊朗的五官没有了英气。他老了十岁。

我和梦乐在小西湖湖心岛的芦苇丛里安了一个家。我们从家里偷偷拿来了碗筷勺叉，用砖头垒起了桌椅板凳，还做了一个灶台。我们用手绢当桌布，用瓷碗当锅，把湖里的水煮开了，下面条。面条熟了，可是没有盐，不行。梦乐看见梦三正在湖对岸诱蜻蜓——一根长长的竹竿拴着一根长线，线头绑了一只母蜻蜓。梦三转着圈甩那根竹竿，边甩边喊："叨叨叨擒叨，叨叨叨擒叨……"公蜻蜓们远远地就飞来了。

"三三——"梦欢隔着水喊。

"噢——"梦三闷闷地应着。

"去给姐拿点盐来——"

"要盐干啥——"

"我们的日子不能没有盐——"

我们的日子不能没有盐！梦乐把一碗面当作我们的日子。我愣了一下，我们的日子不可或缺的东西，总是那么遥不可及，甚至还会一样一样离你而去，让人猝不及防。

秋天了，蜻蜓变成了蛹，纷纷躲藏起来，我们再也听不到青蛙的叫声了。世界像个巨大的谜团包裹而来，不知何时才能向我们完全打开。我们多么懵懂无知，只能像湖里的芦苇，苍茫茫的，顺着风。

当遍地飘满落叶的一天，喇叭里传来下班号断断续续脆弱的声音，人们从灯光球场急急穿过，从球场的一个角到另一个角，走过一条对角线。人们都穿过了球场，回到了家，只有梦乐的爸爸没能穿过来——这条对角线，耗尽了他的一生。他倒在乒乓球台旁边的时候，有人从他身边经过，回头喊："梦主任，怎么了？梦主任，怎么了？"

梦乐赶到的时候，她爸已经没有了呼吸。

夜里，我失眠了。曾经健康俊朗的一个人，也是如此的脆弱易折的，偶尔的瞬间，就从这个世间消失了。世界这个巨大的谜团又被打开了一层。

我和梦乐跑到那个芦苇丛。这次，她不想回家了，她缩作一团躲在深秋嚎叫的北风里，那碗面仍旧放在那里，因为没有盐，生活就无法继续，就戛然停止在了这里。梦乐没有得到盐，没有得到生活里的必须，她得到了世界向她过早打开的谜底。

原　罪

1983年，我的弟弟刚刚5岁。那个年代的孩子玩具不多，我的弟弟有两只木头手枪、一辆塑料卡车和一盒积木。他很快把这些玩具玩腻了，就跑到院子里，看看还能玩什么。新建的传染病房尚未竣工，家属院的里角有一个锅炉房，旁边还高耸着一座水塔，这些，使我的弟弟眼睛一亮。

他钻到传染病房的地下管道里，像钻进了一个巨大迷宫，在里面迷失了方向，他觉得，这很好玩。他在里面七扭八拐，索性不出来了。他还在里面睡了一觉，一点也不冷，一觉把天都睡黑了。

他藏在锅炉房的煤堆后面，巨大的山一样的煤堆。他挖了一个能容下自己身体的洞，猫了进去，自己完全变成了“煤人”。他觉得这很好玩。然后和一群野猫抢夺食物，惹得野猫

“妈呀妈呀”叫着欲群起而攻之。

他爬上几十米高的水塔，那是医院停水时的备用水塔，用途很重要。还没有谁敢爬上那座高塔，更没有谁敢站在那么高的空中，沿着那么窄的边沿转着圈喊叫，唱歌，还来回扭屁股。弟弟把地面上的人惊呆了，人们想喊，却都不敢出声，那么小个孩子，惊着了可怎么得了。有人叫来了爸爸。弟弟正得意呢，一低头看见人群里有自己的爸爸，就即刻住了声，一缩脖子，猴一般滑下了铁梯。

过了几天，医院吹下班号时，弟弟爬上家属院的墙头，盯住那一队下班的军人，待他们进门时，弟弟把憋了半天的一泡尿撒向了人群。

他挺着胸脯，来回甩着，尿线在空中抛出长长的“S”。

下雨了？有人抬头看天。天蓝得一丝云彩也没有。

可哪来的水呀？还夹带着蒸汽。人们又抬头四处找。

有人眼尖：“沙医生的儿子——沙医生的儿子——”

我的弟弟哧溜一下蹿下墙头，一溜烟儿跑到锅炉房后面的煤堆里了。

第二天，院长叫去了我爸爸。院长和蔼可亲地对我爸爸说：“沙医生，最近大手术不少啊，一站八小时，够辛苦的，我给食堂通知了，夜里的手术也要提供夜宵，不然谁能盯得住。”

我的爸爸心里十分热乎，作为一名外科主治医师，做手术是自己的责任，可是他也十分清楚院长叫他来的意图。院长看出了爸爸的窘迫，说：“不就儿子朝同志们撒了泡尿嘛，多大的事啊，你放心，我跟同志们保证过了，如果儿子再朝同志们撒尿，我就让同志们也朝他撒尿，呵呵……”

院长笑着开玩笑，我爸爸的表情更加凝固了。没等爸爸回来，我的弟弟就消失得无迹无踪了。医院太大，谁也不知道他藏到哪儿了。锅炉房煤堆下、传染病房地下管道、养狗房、鸡窝、水塔、湖心岛，他出没的地方实在过多，我们没法一一寻找。医院方圆有几站地大小，即便全家人散开了四处喊也难以听到。吃饭的时候，弟弟还没有回来，爸爸从牙缝挤出几个字：“别给他饭吃！”

天气愈发冷了，湖面已经结了冰，守湖的花农在湖面上凿开了几个洞，那是给湖里的鱼留的呼吸空气的鼻孔。我从我的窗户能看见湖面上所有的鼻孔，我数了数，一共五个，每个鼻孔像交警的岗亭那么大。

天色已渐黑了，弟弟仍没有回来。

我望着湖面，呆呆的，过了很久，倏地，手里的缸子咣当一声摔落在地上，我激灵了一下，冲出了家门。

我从二楼冲下一楼，我的眼睛就已经模糊了。我一边跑一边嗯嗯嗯地不知道是哭还是给速度加力。我的脸越来越凉，由细细的两溜变成大大的两片。几个人回过头看我，我从他们面前风一样闪过。我的头发稀稀地飞散起来。我绕过家属院的正门，逆着围墙向湖边跑。

那条红砖铺成的小道，有一些砖块已经不规则地凹陷下去了，我一脚踩空，就跪倒了，我爬起来，跑得更快了。

很快的，我冲向湖边的绿色栏杆，像一个撑竿跳高运动员，翻过栏杆，腾空跳下两米深的洋灰高台，咣唧一屁股坐在了冰面上。

“沙老刚——沙老刚——”

我爬起来，朝着第一个冰窟窿边喊边跑。

“沙老刚——沙老刚——”

我朝着第二个冰窟窿边喊边跑。

我不停地摔倒，摔倒。摔倒的间隙，顺手捡了一根花农丢弃在洞边的木棍，这时候，我看见最远处的那个冰窟窿边站着一个女孩，大约七八岁。我一屁股瘫在了冰面上。

“沙老刚——沙老刚——”

我的喊声虚弱得连自己都几乎听不到了。

“姐——快来！”

那是我的妹妹。

“姐——姐——”

我的直觉得到了印证！当我站在自己窗前，呆望冰面上的几个窟窿，一种突发的感觉，使我鬼使神差跑到了这里。

提着棍子，我踉跄到了那个窟窿边。我的妹妹指着洞里。我看见我的弟弟整个身子泡在冰水里，两只手扒着洞沿，只有头和脸露在外面。

他紧抠着冰沿的两只手正一点点地滑下去。冰的边沿光亮无比，像抹了一层机油。我的弟弟一只手和另一只手快速交替着在油滑的边沿扒动。

他的脸全紫了，看见我，抖着嘴，说：“有鱼，有鱼……”

我的妹妹站在窟窿边哭。

我怎么还不给他棍子呢！我像根木头。

“姐——给不给棍子啊！”我的弟弟比我清醒。

我的妹妹忽然趴倒在冰面上，一把抓住那根棍子，和我一起把棍子伸给了弟弟。

我的弟弟一只手迅速松开冰沿，抓住棍子，另一只手也抓住了。我和妹妹都趴在冰面上，一点一点往后退。冰面太滑，阻力太小，每退后一点，就得用脚尖在冰面上磕个槽槽，把一只脚固定进去，往后退一小截，然后再用另一只脚继续磕。

“姐——拉快些啊！我冻死了！”

我和妹妹的四只脚像鸡叨米，湖面上溅起了无数的冰碴……

冬去春来，夏花盛开，湖面上芦苇茂密，蜻蜓飞舞，青蛙长一声短一声大珠小珠落玉盘般地合唱着。弟弟钻到蚊帐里，用夹衣服的木夹封死开口，抓最后一个蚊子。

他故意不一下子拍死那蚊子，而是追逐着它溜着它玩。这个小害虫到了一生最悲凉的时刻，在绝路上左右翻飞上下乱撞。弟弟很快活。很多年以后，有人见过一个小和尚，在一条清澈的小溪流里抓住一条小鱼，小和尚在鱼尾巴上绑了一块小石子，鱼歪歪斜斜地游，小和尚就很快活。几天后，小和尚的师傅来到溪边，看见鱼儿死在了水底，尾部还斜斜地拖着那块石子。

这是人的原罪，小和尚不懂，小和尚才四五岁，他需要游戏和快活，他需要杀死另一些比自己弱小的生命，回补灵魂深处莫名的饥渴，回补苍白的童年。小和尚的师傅没有责备他，领着小和尚回去了，他在小和尚的年龄也做过类似的事，给一只老鼠的尾巴浇上油，点着，老鼠转着圈跑，越跑越短，越跑越短，兹拉兹拉地响，吱吱吱吱地叫，他就很快活。

弟弟在蚊帐里扑蚊子，没人制止他，因为他很快活，一个五岁的孩子是需要一些快活的。他玩了多久谁也不知道，他玩累了就会睡着。第二天，掀开蚊帐，有一小滩血包裹着一个扁扁的黑色尸体，在弟弟的不远处凝固了。

弟弟起床后，会去湖心岛寻找别的快乐。

我站在窗前能看见弟弟跳来跳去的影子。他玩得很快活，他捉蝴蝶、诱蜻蜓、挖蚂蚁窝，这些都是安全轻快的游戏，有时，他还捉蜜蜂，就有点不太安全，但他更愿意冒险，寻求刺激。他掌握了一套捉蜜蜂的正确方法，在蜜蜂全神贯注落在花心里采蜜的时候，轻轻捏住蜜蜂的屁股，必须精确地捏住屁股上第二根金黄色横道道，蜜蜂就无法射出它的杀手锏。弟弟尝试了几百次，无一失手，于是他很得意，到处传授高招，让所有人都如此这般捉蜜蜂。我也曾在他的监护下实施过一次，成功了。我看了一会儿翻过来肚子的蜜蜂，蹬踏着腿脚，就有了一些成就感，也很快活，然后我放了蜜蜂，拍拍手说："行，接着玩吧。"

我走了，弟弟还在捉蜜蜂。他不厌其烦地重复着这种冒险，有时，他刚要下手，恰巧赶上蜜蜂工作完起飞，撞到同一个瞬间，就叫做恰巧。恰巧其实是本来就有的，只是人未必知道，就叫做了恰巧。

蜜蜂是相当机敏的飞行物，这突发的袭击令它本能地要誓死捍卫自己的生命，它对准袭击物，飞速亮出了唯一的杀手锏，"锏"出手落，弟弟的手指尖上继而肿起了红包块。

弟弟觉得这算不了什么，在游戏里获得的乐趣比被蜜蜂蜇一下所受的疼要大得多。他不拿这当回事，继续实施着他的冒险行为。

一个夏季说结束就要结束了。弟弟已经知晓四季冷暖的变化，四季是他快乐游戏的巨大背景，他要紧紧依靠它，抓紧时间把自己感兴趣的事情做好做透。他早出晚归出没于湖心岛。他做着类似那个小和尚做的事，他给青蛙的后腿绑上绳子，再连接另一个青蛙，一个一个连了一大串，弄得蝌蚪成千上万地尾随着这串古怪的父母一点点下沉而不知所措。这些父母变了样子，为什么变了样子，蝌蚪们不得而知，但它们已经预感到自己的世界就要坍陷，它们惊慌失措地奔走相告，平静的湖面下有了不平静的涟漪。

弟弟像个巨人，蹲在水边俯瞰着他制造的奇异世界，咯咯咯笑出了声。他躺在草地上，滚来滚去，草尖刺着他的短裤，扎扎痒痒的。他脱了短裤，在草地上打车轮，一串打过去又打过来，兴奋得不行，瘫倒着喘气，还咯咯咯地笑。就在这时，他被重重地袭击了。

一只巨大的马蜂，对准了他五岁男孩的那个小物件，三叉机一般嗡嗡叫嚷着，开足马力，射出了强有力的宝剑！

弟弟嗷的一声，再没了活力。

他捂着物件，一瘸一拐地蹭回家，松开手，他的物件已经肿得红枣般大了。

他被送到急诊室，嗷嗷叫着包扎排毒。

弟弟的这个夏天就此结束了。他哪也去不了了，那个伤口被白纱布包裹得拳头般大小，他还在持续发低烧，每次换药都嗷嗷乱叫。

过了一些年，那个小和尚长大成人，和一个女孩离开了寺庙，后来，女孩背叛了他，跟了别人，小和尚决定复仇。复仇就要杀人，他杀了一个男人，逃回了寺庙。他的师傅在他来到之前，已经在结了冰的湖面上安详地自焚圆寂了。

佛说：人生在世如身处荆棘，心不动，人不妄动，不动则不伤；如心动则人妄动，伤其身痛其骨……

小和尚光着脚，抱着一尊佛，身后拖着一块石头磨盘，在冰面上走。他拖着沉重的磨盘，一步一步走过冰面，爬上一座高山，爬到了视野的最高顶。小和尚把佛安置在了世界之巅，他转过身，看见那座寺庙比一条鱼还小。

隐藏的门

父亲又一次发现便血，告诉我要去做个检查。

父亲是外科大夫，对身体的症状心中有数。

那天阳光炫目，初冬的太阳只有形状没有热量，连续的降温已经不得不让人提前裹上了大衣。

站在住院部与化验科之间拐角处的一爿小光斑里，来回踱步，不时张望着许多年前无数次跑进跑出的那幢俄式住院部大楼的门。陈旧的双扇木门，门轴很高，木框已脱了漆，斑斑驳驳的，但仍能依稀看到门轴的上方精美繁复的石灰雕花，那是典型的俄式花样，华丽、高贵，虽然经历了岁月的侵蚀，但仍不失原有的孤傲与神秘。

这个大门只开半扇，门内侧，值班门卫正趴在桌上打盹。缩起瘦小的身子，蹲着从他桌前悄悄移过，像一股小风刮了进去。轻易跨越第一道防线，可以稍稍直起腰了，但还不能快跑。正值夏日中午，病人午休了，病房里沉寂得令人窒息。白求恩大夫一年四季都弯着腰站在简陋的木台子上做手术，他胸前围着一个大围裙，或许是腰弯得太低，围裙几乎贴到了脚面。这个手术何时能做完，是我童年里留存于脑际的一个巨大疑问。我站在这幅巨型绘画前，头顶勉强能对齐白求恩的膝盖，他高大的身躯弯下来，弯得很低，可我还是要仰视他。

往右拐，长长的心内科病房，护士办公室里那个“女高音”的白脸护士正在操作台边安静地配药，身边还是那个男医生默默陪着她。我不谙世事，可还是愿意看见他们在一起的样子，暗暗地有点羡慕。

继续向前走，就到了大楼的直角拐弯处，那里有一个特别的门，一年四季都被一个厚重的黑皮帘子遮着。帘子后面的旋转楼梯是螺旋上升的斜坡。那个斜坡上偶尔会有一辆车子呼啸着转着弯冲下来，输液瓶空针叮叮当当，发出破碎边缘奇形怪状的尖叫。有时候，也有车子往上推，吱扭吱扭的，消毒包、器械、药瓶满满当当的，是一些祈望深处沉重的爬行。

我停下了步子。偶尔，会推下来一辆已用白布盖住的车子，嗖嗖经过，一股凉风掠过我瘦小的身体。我知道，躺在上边的人已不再需要输液瓶、消毒包了，只需要通过这扇门，无须返回。

我一直有一种跨过这扇门，沿着螺旋斜坡走上去的冲动。多少年了，我始终掀不起那个沉重的黑皮帘，迈不开行走的步子，到底有一双什么样的大手从后面紧紧拽着我呢？

母亲的放射科就在不远处，我得哈着腰，以防被她发现。

母亲正低头写诊断报告，前面围了几个沉默的农民。正值夏季，这些农民仍然穿得很厚重，乞求的目光。母亲叹了口气，她常年养成了这个习惯。她抬头看了看窗外树阴下拉病人的架子车，黑黑的褥子和被子，同样沉默着。病人拍完片子就会再被抬上架子车，拉回家去。他们不治病，只想知道自己得了什么病，就回去挨日子了。

我悄悄往里走，到了供应室门前，停下了。这里进进出出的人多起来了，换空针的、退输液瓶的、领消毒包的。母亲曾在供应室工作过，这里的护士全认识我，她们是一群年轻漂亮的女兵，加上我一个黄毛丫头，像一个女儿国。我曾跟她们一起叠纱布、搓棉球、刷空针。70年代的医院还没有一次性针管，用过的空针和输液器要再次消毒反复使用。把它们先泡在几个大瓷盆里，用肥皂水仔细刷洗，再放进一个大锅炉里蒸30分钟。最先进的就要数那个自动撮棉球机。撕一小撮棉花，放进小通道，另一头就飞速卷出一个圆圆的棉花球。棉花撕得快棉球就弹出得快，有时候快得像飘雪花，但同时也酝酿着危险，像恶之花。大人不许我撕得太快，一个19岁的护士就是被这个机器卷进了食指，吞噬了手掌，直至整个右臂。

无数个夜晚，我和母亲躺在消毒锅炉旁的单人床上发呆。那时，父亲常常下医疗队，一走半年，到农村去给农民做阑尾或胆结石手术，再大些的手术就没有条件做了。

父亲回来了，关着门和母亲悄悄议论无法生活的农民。他们说着无能为力的事，听着听着，我就睡着了。

梦里，我又看见紧挨着供应室的那个陈旧的木门。从那儿进去，就到了我的天堂——一个被荒废了的球场大小的天井。

茂密的杂草懒散地伸着腰腿，我从杂草里辨认一种草，它的根又辣又甜，叫辣辣根。我一边拔一边吃，辣得咻咻咻的，不知不觉，我拔到了另一面的木门前。从这道门出去可以到化验科——各个科室的病例都要送到化验科，得出结论。

洪彩霞的父亲就是这个科的主任——一个高大魁梧的绥德男人，每天被洪彩霞的母亲在土坡上咿咿呀呀地等候的男人。洪彩霞的母亲早就不认得别人了，包括她的三个儿女，洪彩霞、洪彩虹、洪建军，她只认得英俊挺拔的丈夫。其实，她也是美丽白皙的、花样年华的米脂姑娘，和我母亲毕业于同一所军医学院。每天中午，这个米脂的婆姨就要等隋德的汉。她比下班号还准时，站在家属院门口的台阶上，从远远走来的穿同样军衣的人群中一眼就能辨认出自己的丈夫，激动地比划着，还要指给别人看。

许多年过去了，我看见和洪彩霞的父亲很相似的高个魁梧的军医向我走来，现在，他是我父亲的主管大夫。他就要告诉我父亲的化验结果。我心跳加速，手心出汗。他走近我，点了点头，说："不太好，必须尽快手术。"

刺目的阳光切割着我的脸，我不知该如何回到病房，如何将这个消息告诉一个做了三十年手术的大夫。我怯懦了。犹豫良久，所有思绪似乎向我发出唯一的信号——逃避。

阳光顽固地刺着我的脸，面颊湿湿凉凉的，冷风里像快要冻住的冰挂。路人一个个像是默片时代黑白电影里的快镜头，急匆匆转瞬即逝了。我也木呆呆地走着，路旁那些曾经茂盛的树叶已脱落殆尽了，那片树阴遮蔽着的曾经是一排平房，门窗都被铁栅栏封闭住了，里面住的都是很有幸福感的人。他们快活地笑、高歌、舞蹈……一个漂亮的歌舞团女演员，每天傍晚站在窗前，深情地用修长白皙的双手抓空气，动作优雅至极，乐此不疲。那个初冬，湖面将要结冰之时，谁也无法知道她是怎样从封闭的门走出去，像一团空气，把自己融化在了碧绿的湖水里。

我走进了俄式住院部大楼的半扇门，白求恩大夫仍然弯着腰做手术。我停了下来，仔细端详这幅画。原来，它并非从前那么高大，白求恩的身躯也似乎矮小了，他老了吗？和父亲一样？他们的腰的确都弯曲了，双手也起了皱褶，而且，他们还有着相同的习惯——系围裙。

父亲刚刚脱下手术台上倒穿的“围裙”，进到家里第一件事就是系上一个没有袖子的大围裙，拉开架势像要做许多家务似的。父亲是个热爱生活的人，哪怕什么都没做，也会系着围裙在院里转来转去，让我心里暖暖的。别人以为父亲在家里干了多少活，就呵呵地笑他，可父亲比他们还快乐呢。

那条白色围裙被父亲系了很多年，它已经褪了色，皱巴巴的，挂在厨房门后，没有人记得它，也没人再把它当回事。

父亲手术那一天，气温骤降，冷风卷起遍地枯叶，四处逃窜着冲向已结了冰的湖面。父亲安静地被推上手术车，推进了手术室。那扇门重重关上了，将我隔在门外。一片突然坠下的叶子，仓皇旋转着降落在地，再也没有了重返枝头的力气。

速　度

八斤从地上站起来，涎水已流到了前襟。她张着嘴，双手在空中慌乱地比划，啊，啊，啊，来了……来了……

我在屋后的斜坡上张望着，她发出喊声的同时，也看见那幢俄式住院大楼里推出了一辆已经用白布完全覆盖了的车子。

那天天气炎热，知了躲到树叶深处发出不情愿的叫声，疲惫地拖着脆弱的尾音。八斤在灯光球场的水泥乒乓球台下面坐了一中午。她一边流着涎水一边和泥玩，不时把粘满泥巴的手指放进嘴里吮吮，嘿嘿地笑。

她已经十四岁了，看上去却只有四岁。她穿着粉色花衬衫，胸口一枚纽扣没有找到对应的扣眼，正发育着的半个乳房探头探脑地快要从衬衣里冲出来了。她皮肤白嫩，身材匀称，一双毛茸茸的大眼睛迷迷蒙蒙地望着远处。如果不是胸前挂着长长的一串口水，啊啊啊地说不清话，谁能看出她是个傻子呢。

八斤从乒乓球台下面钻了出来，太阳一下刺到了她的脸，她抬起泥手遮住阳光，顺便抹了抹粉白稚嫩的脸颊。她望着住院部方向，那里，隔三岔五就会推出一辆白布覆盖的车子，这是让她激动的事，也是让我激动的事。

在这样一个懒洋洋的夏季，医院的人都午睡了，连各家养的鸡鸭也躲到墙角的阴凉里打起了盹。偌大的院子像一个发出均匀鼾声的老人，空阔的灯光球场晒得快要开锅了，一缕一缕飘着蒸汽。人们无暇顾及一个十四岁的傻子和她十岁的同谋。

我们几乎是同时朝着那辆车子跑的。

八斤比我高，可她没我跑得快。她甩着的双臂在空中画出不规则图形。她的身体难以保持平衡，胳膊的动作增大了身体的阻力，东倒西歪像个醉汉，跌跌撞撞地冲向球场中心时，我已经在那里等她了。

我不愿意看到她因为过于用力而扭曲的脸和继续流着的涎水，我就袖着手盯着那两个推着车子的“白大褂”。一男一女。他们俩边走边说，偶尔笑笑。我有些失望，又更加羡慕。他们可以不经意地将这件令人企盼良久的“大事”，做得如此轻松随意，简直是亵渎了我们对它的重视。这件比什么事都有意义和磁力的“大事”，被我和八斤期盼了多久，被我和八斤憋着劲等待了多久，谁也不知道，现在，却要被这两个“白大褂”在随意的说笑声中淹没了。

我们加快了步子，向球场那头跑。八斤喘得厉害，喉管里发出怪异的呼吸。我索性拉着她。我拉着她的一只泥手，像握着一个陶俑，泥巴噼噼啪啪发出干裂声，从我们的指缝间滑下。我忽然想起那个盖在白布底下的人，是不是也会发出噼噼啪啪碎裂的声音，是不是一块已经停止游戏的泥巴，即将被风干？

那两个“白大褂”走得很慢，像在一起散步的恋人，我安心了一些。我们已经眼看着就要跑完整个球场了，眼看着就要抵达那辆车子了。我更用力地拉了拉八斤，她的脸也更加使劲了，扭曲的五官既像是哭又像是笑。

这时，“白大褂”发现了我们。他们停下来，等我们。

他们认出这两个孩子，他们认识孩子们的爸爸，就看着我们笑。

我们追到那辆车子时，“白大褂”松开了手，一下就把车子交给我们。我和八斤一边一个推着车子，走，“白大褂”跟在后面，晃晃悠悠的。

八斤如愿以偿推到了这辆车子，她迈开均匀有力的步伐，抬手擦干口水，圆圆的鹅蛋脸上又恢复了动人的五官，俨然一个如花少女。路旁槐树树影的光斑让她的身体散发出扑朔迷离的气韵。

我们在这个夏天实现了各自的最高理想。

我们初尝了成功的滋味。我们的理想就这么简单，就是想亲手推一次运尸车。当时，这件事，是医院所有孩子的神圣所在。有几个孩子做过了，大部分没做过，我和八斤属于后者。做过的孩子在我们面前趾高气扬，连说话的声调都飘飘的，谁敢？你敢吗？你不敢。

八斤和我被这种质问一下伤到了自尊，她的反应比我更强烈。一个傻子的自尊一旦被触及，像捅了马蜂窝。她憋得绯红的脸半天退不了色，鼓鼓的嘴巴一个字也吐不出，眼看着口水又一次慢慢渗出……

也就是自那天起，自她终于实现了神圣梦想的那天起，我就再也没有见过她了。

又一次见到她，大概过了一年或者两年，在拥挤的女澡堂里。

蒸汽缭绕中，一个丰腴白嫩的躯体倏地站在我的面前。

八斤。

我向后退了一步，下意识捂住刚刚开始发育的小胸脯，在她已经长成完好饱满的身体面前，我是羞涩的。我又黄又瘦，薄薄的像个搓板。她拉住我的手，口水又顺着嘴角流了出来。我的眼泪穿过迷雾流进嘴里，伸出舌头舔了，是混合着蒸馏水和咸涩泪水的味道。她抬起手在我脸上拭了几下，轻一下重一下的，我就更看不清水雾里她的脸了。

“你看，是她，就是她……没错……”

旁边有几个女人正贴着耳朵窃窃私语。她们也光着身子，有胖的有瘦的有高的有矮的，四五个人围拢着正向八斤指指戳戳。

“肚子大了，说不上来谁干的，连长相个头都说不上来呢……一个傻子，哪懂这些……引产了呢……”

那天中午，我坐在八斤平时坐的乒乓球台下面，和泥，偶尔抬头望望住院部大门，那里静悄悄的，没有车子推出来，也没有“白大褂”走过。我看着空荡荡的球场，地上泛着热气，一缕一缕的，像一个人深深的叹息。我抬起头，太阳刺到了我的脸，我抬起泥手想遮挡住阳光，顺便摸了一把消瘦憔悴的脸，我老了吗？我才12岁啊，就已经长出了皱纹。我不相信，飞跑着回到家里，锁进屋里，不敢照镜子，瘫在床上，迷迷糊糊看见八斤被一队人揪着，东倒西歪地低头走过。她的脖子上挂着一双布鞋，左右晃荡着。她咧着嘴笑，是推到那辆车子的满意的笑。她的脸很干净，没有口水，也没有泥巴，粉白粉白的，眼里透出美好神奇的光芒。

一个人狠狠朝她背后踢了一脚："说！谁下的种？别假装不知道，说！"

八斤伸出一根手指，端端指向踢她的人。

啪！一记耳光。

我从床上猛然弹起。

我跑出屋子，冲向球场，冲向乒乓球台……

刺目的阳光不知何时被浓重的云雾遮挡住了，天空划过一道闪电，撕裂了我的心。雨随着雷电冲刷下来。我又躲在乒乓球台下面，急切地和着泥，急切地望着住院部大楼——这幢厚重的建筑已经被雨雾一点点笼罩住，朦朦胧胧地褪去了。

二十年后，我看到八斤干净纯粹的脸。她没有长大，依然满意地露出四岁孩子的笑容，依然幸福地坐在灯光球场的乒乓球台下面，依然望着那幢住院部大楼，依然会在知了疲惫的叫声中冲向她唯一的理想。

时光没有前进，也没有后退，复印着相同的纸张，然后慢慢变黄了……

生日魂魄

知道我生日的人，在这个世界上屈指可数。

我知道的人的生日，也屈指可数。

像巴赫金对于诗歌的定义："献给无限的少数人。"——一个人的出生日，也有着诗一般的精致和浪漫。

就那么几个人，几个生命里至关重要的人，在这一天发现它的与众不同，会带来意外的鲜花、蛋糕、礼物和惊喜，会把这一天变成节日。——这是通常人们过生日的企盼——一个快乐的日子，一个理应快乐的日子，若干年前一个崭新的生命抵达这个世界的日子；它是唯一的、不可复制的、一去不复返的、既无限循环又瞬间消失的值得纪念的日子。

昨天，去银行办事，帮我填表的服务小姐复印了我的身份证，笑容满溢地说："您的生日和我是同一天！""真的？"我惊异道。"这太难碰了……前一阵碰到一位，今天是您。"她的面颊有些潮红。"快到了……我们的生日。"我们喜悦地交换着异样的眼神，她塞给我一个号码，喇叭里即刻就唤这个号了，我越过几十位等候的顾客，受到特殊待遇。待我办理完，她仍在那里等着，递给我一张健身卡，说："银行在搞活动，送给你。"

一声惊雷将我从梦中惊醒，自深渊一般的黑洞爬向人间，睡梦的深度丝毫不亚于深渊。我把自己的每一夜安置于浩瀚的深渊，是为了第二天重返人间。进入九月，炎夏已然退去，秋凉渐次袭来。伴着惊雷，大片局促的闪电，无声地肆虐，把我的心揪到了嗓子眼——这些喝了雄黄酒现了原形的白娘子的影子，可怜柔弱的许仙怎能不崩溃！

儿时，每当万籁俱静，暗夜潜入，我们就会到邻居邱姐姐家听她讲故事。坐在她家小院，微凉的秋风丝丝掠过，我们紧紧围拢着邱姐姐，抱着胳膊，眼睛晶亮。她说："你们看，那个披着长发吐着舌头踮着脚尖的女人又飘来了，每天夜里，她都要到急诊室……她是从那儿出窍的，魂魄再也落不下来了，没有魂灵的一个人，怎么去另一个世界呢？这个无家可归的冤魂，她要飘到何时才能找到家啊……"

风声一阵高过一阵，耳边呜呜呜地鸣响着。我们缩成了一个小团，相互挽着胳膊，像是夜里群居的猫。"你们看，那个端着消毒盘的护士，白衣白帽白口罩，走得好端端的，脚跟怎么也踮起来了……记住，踮着脚跟走路的就是鬼，鬼不会全脚掌落地，鬼已经没有了分量，他们只是一股烟……”

“护士推开一间病房门，飘到靠窗的病床前，她摘下口罩，嘴里滴着血，血滴到了病人脸上，病人就从梦魇里坐起来了……病人下了床，跟着女护士走到走廊上，病人走着走着，也踮起了脚跟……他的灵魂已经出窍了，他们的身后有一缕青烟……他们走向太平间……病人缓缓躺在冰凉的石头床上，继续睡，女护士用手抚了一下病人的脸颊，转身走了，她去另一个病房。”

这一天夜里，睡梦里听到窗外有人喊我的父亲：“沙医生，有急诊！”我爬起来，扒着窗户向外望，正是那个女护士，白衣白帽白口罩，“沙医生，有急诊！”她一遍一遍急促地唤着。

我奔跑下地，拖住正欲披衣出门的父亲，父亲一只腿拖着我走了十几米，掰开我的手，大步流星地和那个护士消失在了夜色中。我瘫倒在地，哭不出声，也喊不出来，妈妈，妈妈，怎么能让爸爸去呢！妈妈……

三天高烧。夜里，妈妈背我去打针，爸爸说，“别打，这孩子一见护士就扑上去咬，给她吃药。”

爸爸虽然在普外科，还学过中西医结合，给我配了中药，让我病去如抽丝。

我整天拖着病恹恹孱弱的小身子，在偌大的医院里晃荡，白天我不怕护士，她们都脚掌落地着走路，亲和可人的，一到夜里，就都飘起来了，否则，太平间冰凉的石头床上一夜之间又睡上了十几具尸体，都是谁领去的呢？

“现实是一个虚构和幻觉的世界，一个凭空捏造的产物，一个你所想象的一切都会成真的场所。”——保罗·奥斯特。

“得在她生日那天给她驱驱。”母亲小声对父亲说。

那一天，母亲穿上护士服，白衣白帽白口罩，端着器械盘，递给我一把手术刀，我得了刀，像抓住了稻草，在母亲的鞋跟上一下一下地凿，凿出了几百个小窟窿，我眼看着母亲的鞋跟“啪”的一声落下，脚掌落在地上……

我虚脱过去……

2001年9月11日，几个朋友为我过生日，我们点了酒菜，菜过五味，剧作家朋友送给我一尊陶俑狮子。这个动物内心是空的，头顶上有一条缝，屁股底下有一个洞。

捧着礼物回家，夜已深沉。昏昏睡去，一宿无梦。第二天一早，电话惊叫，是写剧本的朋友：“哎呀——太厉害了你，过了个生日，美国五角大楼就塌了……”

云里雾里打开电视——一架飞机正穿过一幢高楼，是穿过！像针线穿过针眼，手指套上戒指，一遍又一遍，大楼坍塌，群情惊呼。

这座大楼也是空心的？再看那尊狮子，威严矜持地靠在书架上，披肩长发，显然，它是公狮，目光冷峻高远。我拎起它，摇了摇，很轻，似有暖水瓶内胆的嗡嗡声。耳朵凑上去，它的内心的确有风，一阵紧过一阵。不行，一个生物的内里怎能是空洞呢！我敲了敲自己的胸膛，发出当当当铁壳的声音，我惊慌失措，翻找家里所有角落，只要发现硬币，就如获至宝。硬币一枚一枚填进狮子，已然无法占满它的底部。我沮丧地坐在地上：“怎么办，怎么办？”

就是从那一天开始，无论买什么，都要求给我用硬币找零。回家的第一件事就是把手心里攥着的金属塞进狮子的肚子。几个月过去了，季节由初秋滑进冷冬，我握着硬币的手也僵硬干涩了。

拎起狮子，它的身体渐渐有了分量，已经没有最初的轻浮（我曾多么惧怕飘零的生物），我在温暖的屋里捧着这尊生长起来的漂亮动物，把硬币倒出来，铺了一床，躺在上面睡了一觉，起来的时候，身上哗啦哗啦往下脱落着钱币。把硬币一枚一枚地装进去，就气定神闲地出门了。

一颗草籽落下来，如果有风，如果没有风，都会发芽。一些年过去了，又一些年过去了，什么在生长，什么在消亡，时间永恒，时间死亡，我终于懂得了下降和沉静。在繁复阔大的都市劈开一隅宁静空间，安放曾经飘忽的神灵——我的那些丢了魂魄的高烧之夜，那些病人，那些护士，我的父亲母亲——同月同日生的父母亲啊，茫茫大千世间究竟有一双怎样的魔力之手，将他们聚在一起，一辈子，越来越依赖，越来越像一个人。

我的孩子出生16年后，弟弟的孩子也在这一天出生了——他们俩约好了吗？

每一粒偶然的化石，每一颗相似的星星，隐秘至深的谶语，万物泛着晶莹的光泽，照耀我们慢慢暗淡下去……

滴水的月亮

张五迷又被押送回来了。这是军营的耻辱。

张五迷被两个警察押着，虽然没戴手铐，但双手反剪在后面，用绳子绑住了手腕。他又去做那件龌龊的事了！

张五迷低着头，两眼盯住脚尖，痴痴地笑。那种沉浸在自我情绪里的笑，是我们所熟悉的。他的浓黑的眉毛，坚定有力地守卫着一双欲言又止的大眼睛。他的五官是俊朗的，鼻梁挺拔，嘴形清晰，穿上一身军装更加英武飒爽。但是此刻，他没有了英气，低头哈腰，军衣皱皱巴巴，明显被人揪拉过，帽子也丢了，但他还是盯着自己的脚尖，笑。

大门岗哨上的卫兵一见他的样子，脸就红了，低下头，没有了威武的气质。

人们提着饭碗说说笑笑地走过，看见宣传股干事张五迷被两个警察押着，忽然停止了说笑，低下头快步走开了。

政委尹解放端着碗从食堂出来，和张五迷打了个照面，犹豫了一下，把碗放在食堂门口的台阶上。

他走到两个警察面前，伸出手，压低了声音，说："又让你们辛苦一趟，把人交给我吧。"两个警察没有伸手。尹解放的手在空中僵了一会，放下了。

一个警察阴着脸，说："这是最后一次了，下次要再被群众抓获，你的人就回不来了！"

另一个警察把张五迷推了一下："把你的人管好！"

"是……我管，我管。"尹解放连忙点头应着。

两个警察松开张五迷转身走了。尹解放走到张五迷身后，给他解绳子。绳子绑得不紧，很快就解开了。张五迷看着政委笑着，笑容像是酸的又像是甜的，不知是得意还是委屈。尹解放叹了口气，眼睛看着别处，说："去吃饭吧。"

第二天，张五迷坐在办公室的时候，他的桌上堆了一沓鄂博连连长的先进材料。鄂博连驻扎在海拔4000米，人烟稀少，常年积雪不化的祁连山脉上。张五迷一直想把这个连队的连长写得生动感人催人泪下，他要告诉人们，在这种恶劣艰苦的环境下生活一周和生活一年的区别。

张五迷凝神思索的时候，似乎还在笑。此刻，我正隔着他的桌子泡咖啡。我那时是宣传股的新闻报道员，是从几百个士兵中抽调上来的有一定写作能力的女兵。咖啡散发出淡淡的香气，弥漫了整个屋子。高原的阳光斜斜地穿过咖啡杯上袅袅的蒸汽，变得松软漫漶起来。

我没有看张五迷，我一直躲闪着他的视线，一直担心和他的视线相撞。他的那种模棱两可，沉浸在自我情绪里的笑，让人别扭。一个人长时间保持着旁若无人的笑，是令人窒息的，更何况是在只有两个人的办公室！

我往咖啡里加着伴侣，一勺……两勺……我把已经舀起的第三勺伴侣在晨光里面停了停，又倒回瓶子里。我在余光里看见，张五迷盯住了我的勺子，并且在第三勺伴侣倒回瓶子的时候，松了口气。

这种没有对话的工作空间，他已经习惯了，他还习惯全团人都不和他说话的事实。

我胡乱翻着手里的报纸，只想快点挨过这个上午，快点吹号，快点离开这间屋子。

晚上，我躺在窄窄薄薄的床上，窗外的星星挂在窗沿，大大亮亮的。这座高原小城澄澈清凉的夜晚，月亮像一个装满了水的晃晃荡荡的盆子，随时能滴下水来。万籁俱寂，鸟儿归巢，植物歇息，整个军营像一个重新回到人间的处子——脱下戎装，露出鲜嫩的四肢。

我翻了个身，隐约听到下夜班的人窸窸簌簌从门前经过，又有接班的人窸窸簌簌地走过去了。我又翻了个身，再次睡去……

我被人流挤上了一辆公交车，车上空空荡荡，为什么觉得很拥挤？车窗上挂着大绿花的纯毛毛毯，这样的纯毛质地若能做一条裙子，会很暖和。我要把它染成烟灰色的，我一直喜欢烟灰色的裙子，而且是纯毛的那种，又重又垂又挡风。我揭下窗帘，跳下了车，飞奔着往山根跑。

一路上并没有人追我，甚至没有人在意我。人们各自走各自的，缓慢而松弛，只有我在飞奔，抱着一个大绿花毛毯，喘着粗气在路上惊慌失措地狂奔。我的样子显得很滑稽。难道他们没有发现他们的东西被偷了吗？他们不觉得应该将那个小偷捉拿回来吗？是的，没人追踪小偷，没有喊声。我跑到山根，停下出了口气，然后在山根下挖了一个小洞，将绿花毛毯藏匿了进去。我拍了拍手，这下行了，绿花毛毯是我的了！

“啊——”

一声尖叫。

我被尖利的叫声惊呆了，当我睁开眼睛的时候，发现自己站在床边。窗外传来急促的奔跑声，边跑边喊：“抓住他——快抓住他——”

有人抓我了？还是有人抓我来了！

这个尖利的声音来自窗外。我恍惚得厉害了。我应该在山根，为什么站在自己床边？

我低头看看，的确是在自己床边。紧急集合了？

我在床铺四角迅速摸索着时刻待命的长短各一的一对背包带，摸来摸去只摸到了一根鞋带。我抱着被子冲出屋子，准备把被子铺在地上在月光下打背包。

院子里已经有不少人，指导员、炊事班长、司务长，他们有的握着铁锹，有的拎着铁勺。政委尹解放拿着个大号手电筒，这照照那照照。

月光很亮。话务班长申丽萍一手提着裤子，一手揉着眼睛，正蹲在地上嘤嘤地哭。

“你看清楚了吗？”尹解放弓着腰问申丽萍。

“看清楚了，就是翻墙跑的！”申丽萍放开了哭声。

“到底在哪发现的？”

“我下了小夜班，上厕所，刚蹲下，粪坑里有声响……往下一看，一双眼睛往上看呢……我差点坐粪池里，我跑出来了……那人翻上后墙，跑……跑了……”

与厕所墙相邻的是一座尼姑庵，墙很低，一个成年人从那堵墙逃跑是不难做到的。

那堵墙上，有一个常年挂着一把锈锁的小木门，门又窄又低，只有一个人的宽度而没有一个人的高度。这扇门曾经是做什么的，无从得知。我猜测，以前这里还没有安插部队时，尼姑庵在香火旺的日子，运送柴草用度就走这里。后来，一个通讯部队占据了它的后身。部队是从不讲迷信的，为了破除迷信，就在挨着尼姑庵的位置修建了一个厕所！

那扇木门被一个部队的厕所紧逼得矮小疏松。那扇木门再也没有打开过。门上的三条一指宽的缝隙越来越宽。

透过缝隙，尼姑庵后院的一间小屋的一扇窗户总是亮着，有个老尼姑长年累月坐在炕上念诵经文，手中的佛珠不停地转动。老尼姑慈祥悲悯的面容在人群里是不常见的，人群里的面容多的是仇恨、哀怨、愤懑和苦痛。

每次，我上完厕所，都能从那扇木门的门缝看到老尼姑。老尼姑的缁衣已经很旧了，显不出是黑色还是灰色，她的云帚搁在手边，隔一会儿拿起来晃动一下。她的脸上没什么表情，喜悦和哀怨都没有，像一碗白水。门缝把没有表情的老尼姑的脸挤扁了，但没有挤扁她的虔诚和静谧。

老尼姑的小屋白天黑夜都点着一盏油灯，一个五官俊俏的小尼姑每天给老尼姑加灯油，拨灯芯，端斋饭。小尼姑最多二十岁，鼻尖和下巴依稀可见几粒紫紫的青春痘。她的面色可能因长年缺乏日晒，十分苍白，那几粒青春痘就更加清晰了。

有时候，男兵们会扒着门缝看她，她是知道的，脸微微红了，还是有条不紊地做着手里的事。男兵觉得看小尼姑很有趣，有时会冲她小声叨咕："快摘了帽子！快摘了帽子！"小尼姑听到了，微微抬眼看看男兵，脸又红了，又微微低下头，她果真摘了帽子，头上了无一根青丝，露出青灰的头皮。

小尼姑光着头继续为老尼姑拨灯芯，她们不说话，她们把该说的话已经都说完了。老尼姑慢慢用手摸到饭碗，再摸到竹筷。老尼姑原来是看不见的！看不见的老尼姑日夜点着油灯。看不见的老尼姑日夜点着油灯有什么用呢？

一个什么也看不见的老尼姑，当然也看不见一个飞贼深更半夜从她的后墙夺路而逃。那个飞贼，老尼姑看不见，但她是不是也听不见？即使她听不见，小尼姑是不是也听不见？那个飞贼，趁着黑夜藏匿在女厕所的粪坑下，偷窥女人下体的变态狂，翻墙逃跑的响动是惊慌失措的，这惊慌失措的响动却丝毫没有打破尼姑庵的宁静。老尼姑照常一遍遍地念诵着经文，好像速度快了一些，是为加快普度众生的步伐呢，还是为化解苦难而祷告呢？

小屋的油灯闪烁不熄……

政委尹解放又用手电筒照了照那个墙头。申丽萍站起来，冲着大家说："对了，那个人就穿着黄军裤！"

月亮已经前移了些，不在正中了，一个镀金的光灿灿的大别针，低低地别在夜空的胸襟。

“散了，散了。”尹解放压低了声音，晃着手电，“都回去睡觉！”

“就这么又让他跑了？这不是第一次了！”通信连指导员不想回去。申丽萍还在颤抖，蹲在地上又哭起来。

“这件事会查清的，都回去睡觉吧。”尹解放用恳求的语调。

“每次你都这么说，可结果呢？结果呢？”通信连指导员大声质问。

“结果会有的，会有的！我保证！”

人们这才纷纷散了。

这一夜，是我人生记忆中的不眠之夜之一。那是一种难以名状的兴奋和恐惧，耳朵像支上了根木棍，一直那么竖着。窗户玻璃上偶尔有风声噗噗吹过，心里就一抽一抽的，好像那个变态飞贼就藏在门外，随时可能撞开门，或者他不撞门，变成一股小风，无声地飘到你的床边。此刻，若有一根针掉落在地，一定会让人弹起三尺高。

恐怖伴随着时间，时间就走得很慢，走不动似的，或者是故意不走，磨磨蹭蹭，要揉碎每一个人的心了。

申丽萍那一夜尿床了，尿了很多次。她哪来那么多的尿，一次一次尿在床上，一次一次尖叫着：“抓住他——”

第二天，张五迷没有来。他请假了。

他没来，真好！一个人待在办公室里，真好。他不在的时候这间屋子是很敞亮的，三面白墙雪白洁净，一排立地铁皮资料柜占据了整整一堵墙面。虽然这些柜子几乎是空的，但它等待着被填满，像是置在高处的一罐好茶叶，根本不急着献出自己，迟早会有人打开他，派上好用场。

这间向阳的屋子，阳光钻进玻璃就会改变温度，我喜欢这种自然的温度。我喜欢坐在窗边，想一些与我的本职工作毫不相干的事。我是一个不很忠于职守的人，也是一个谈不上热爱工作岗位的人。我经常迟到早退，很少出早操，从不参加政治学习，也不能按时完成新闻报道任务。因为我没有把我的文字能力发挥在新闻报道上，而是写了一些别的。一年下来，我发表的东西比新闻干事发表的还多，年终时候竟然给我立了三等功。部队有明文规定：在国家级报纸杂志上发表文章三篇以上，立三等功一次！所以，他们还得留着我，还得让我坐在这间敞亮的办公室里。

我整理着办公室的桌面和四散的报纸。张五迷的桌面材料凌乱地堆积着。为了让我一天的环境整洁舒适些，我把他的材料堆放齐整了，露出他桌子中间的玻璃。

我看到，他桌面上的玻璃板下压着一张全家福：他和妻子还有一个男孩。妻子清秀白皙但有些孱弱，孩子眉目俊朗，五官长相很像张五迷，只是神情和张五迷一样，微笑中透着些许的悲切。

我想起来，在家属院见过这个妻子，她带着那个男孩来部队，住了一个月就走了。可是就在张五迷的妻子来探亲的时候，厕所又发生了一起偷窥事件，有的人骂着：“妈的，守着老婆还贼窜！”

过了几天，宣传股长吴坚定买了一只烧鸡，叫我过去吃。我知道，他的家属走了十个月了，他还要等两个月才能见到妻儿。他一边吃一边喝啤酒，渐渐地伤感起来。

“没啥意思。”他说。

“嗯。”我有同感。

“喝醉拉倒。”他举起杯。

“对！”我也举起了杯。

吴坚定醉眼惺忪地拉住我的手，目光迷离地盯着我，嘿嘿……嘿嘿……边笑边慢慢地把头埋到我们的手上。我向后挣脱，但他抓得很紧，挣不掉。

他喝多了。他平常也经常这样喝闷酒，因为喝酒，还耽误过年终总结材料，受到团里的点名批评。

这个魁梧豪爽的陕西汉子，变得脆弱无力，眼圈红红的，哀哀地望着我，却在笑。我的眼眶也有些酸了……

他一下松开了手：“你哭什么？叫人看见算怎么回事？”

我擦着眼泪和鼻涕，肩膀不停抖动着。他摁住我的双肩：“好了，不要再哭，好好写，你还要入党呢。”

我抿着嘴拼命摇头。

“怎么……不入了？”他惊讶道。

“不入了。”我镇定地回答。

“不入党回去就安排不了好工作！”

“那也不入了。”

“你看看人家老尼姑，什么也看不见，还点着灯，念经，该吃饭了吃饭，该睡觉了睡觉，你看人家活的，你咋就不学学？”

张五迷转业了。

他来办公室收拾东西的时候，腿有些拐。我问他：“你腿咋了？”这是我第一次主动和他搭讪，是因为他要走了，还是因为……

张五迷有些兴奋：“哦，摔了一下。”然后低下头小心翼翼从玻璃板底下抽出了那张全家福，夹在一本书里。

张五迷抱着书出了门，转回身对我说：“你是个好人。”

我愣了一下，我是好人？他对好人的定义这么低？我和别人一样，没有和他说过话，也没有把他当作自己的战友，甚至得知他转业的消息，心里在暗暗窃喜。

我没有抬头：“我没你想得那么好，人都是一样的。”

“其实……”张五迷有些语无伦次，“政委也是好人，还有指导员、司务长……”

阳光透过窗户，照在地面上。几只飞蛾在光线里穿进穿出，它们朝生暮死，就快度完自己的一生了！

张五迷走后，我又开始发呆，老尼姑开始念经。

爱情价更高

一个深夜，我睡着了。

霜露正在悄悄降落，沙沙……沙沙……我不知道。一个人在谷底一样的睡眠里，听不到任何声响。这座西部小城被肥硕的田野紧紧包裹着，收成堆积，大地歇息。睡在这样的小城，我像一颗疲惫的谷穗。

霜露正在降落，沙沙……沙沙……晨幕，随着光线的东移，也在静静拉开。一面巨大的幕布在我毫不知情的情况下，浩瀚地拉开了！自然界在凌晨巨大的变化没有一丝声响，而我，对自然界还没有充分的认识。我在沉睡，凌晨五点，世间发生了什么，我一无所知。

我的门被轻轻推开，我一无所知。一个身影移了进来，我也一无所知。那个身影走到她的床边，一个窄窄的单人床，被子是提前拉开的，被窝隆了起来，里面像是睡着个人，其实里面是空的。

那个身影脱了鞋，把自己填了进去。被子就不空了。

我起床的时候，人们已经出过了早操，就是天还未亮，扎着皮带蹬着胶鞋，围着操场百人如一，喊着一——二——三——四的“意志锻炼”。人们也吃过了早饭，国家下拨的免费军粮。人们已经坐在了自己的岗位上，精神抖擞地准备一天的工作。

我刚刚起床，没赶上出早操，又耽误了一次“意志锻炼”，也没吃早饭，虽然为国家节省了一顿粮食，但长此以往，这个腰来腿不来的人能干什么？我更没有按时坐在岗位上，没有对自己的工作表现出高涨的热情。一个纪律松散时间观念不强的人，能有什么发展前途？

在办公室，我遇到了丁干事。那个小个子的得意洋洋的四川人。丁干事戴了一副和他脸型很不配的大框眼镜，松松垮垮耷拉在鼻尖上。他凑到我跟前，将眼镜向上抬了抬，眼镜没有站住，又滑下来：“咋样？她昨晚没敢再去吧？”

“嗯，没去。”我肯定地回答。

“我就知道，她吃了豹子胆，还敢再去！”丁干事得意地搓着手，好像做成了一件了不得的大事，一颠儿一颠儿地朝主任办公室走去。

他去汇报情况了。这是他每天做的第一件工作。汇报什么情况？就是我的同屋在夜间的行踪情况！

我坐着，想象着丁干事眉飞色舞反映情况的样子。近来，他将这件事当成上级交给他的一件大事要事。他和我的同屋几天前谈了话，在谈话之前他向她保证要保守秘密，说，尊重个人隐私是一个人起码的品质。第二天，他就把谈话内容公布出去了，他饶有兴致地揭秘着，得意洋洋地显示他才是掌握第一手资料的人！

世界没有秘密可言。

丁干事公布完秘密，举起一支烟，开始写另一份材料。是一份年终总结报告。写着写着，忽然把手里的烟摔在地上，从椅子上弹起来（弹起来和坐着的高度区别不大），来来回回走了几圈，又点起一支烟，狠狠摔在地上，说："这篇材料真他妈棒！"

十八年过去了，我在翻找一个从前的相册时，无意中翻到了丁干事和我同屋的谈话记录。是几页发黄了的纸张。

丁干事（以下简称丁）：刘术，组织派我来和你谈谈，我代表的是组织，组织是什么你知道吗？

刘术（以下简称刘）：知道。

丁：知道就好。你对组织信任吗？

刘：信任。

丁：信任就好。那么，你知道为什么要找你谈吗？

刘：不知道。

丁：那你也不知道你最近做了什么不该做的事吗？

刘：不知道。

丁：你就把我当你的朋友吧，和我说说，就像聊天，拉家常，我又不会给任何人讲。

刘：拉家常？

丁：对，拉家常。

刘：那还要录音？

丁：这是工作嘛，你别管那个机器，到时我全删了，就说磁带卡住了，没录成。

刘：那你怎么还记录？

丁：哦，我爱写字，随便画画，不是专门记录的。

刘：你平常跟人说话都这样写字吗？

丁：我疯了我，谁整天拿着笔，累不累呀！那好，我不写了。（撕了纸，搁了笔）

刘：……

丁：我好心才揽了这个烂差事，我一直觉得你是不错的，工作积极，又写了入党申请，看，就在我手里呢，可别因为这事把你给毁了。

刘：把我毁了？

丁：对，再发展下去，你和作训股长都完了！

刘：他是我的股长，他是个不错的股长。

丁：别再装了你，他家属都闹到部队来了！

刘：这我知道。但和我有什么关系？

丁：和你有直接关系！你看，因为你，你的股长不要家也不要孩子了，他要离婚。

刘：他们感情早就不合了。

丁：感情再不合也不能离婚呀！

刘：……

丁：你看你，还是太年轻，军婚！军婚知道吗？一方不同意，就不可能离。

刘：（哭）

丁：那你还勾引你的股长不？

刘：勾引？我们是真的相爱！

丁：（笑）

刘：你笑什么？他真的爱我，我也真的爱他！

丁：（笑）

刘：算了，你没经历过，和你说这些干啥。

丁：什么我没有经历过，不就那点事吗。

刘：哪点事啊？

丁：你，年轻、漂亮、活泼，当然比他家属有意思了。一个男人，谁不愿意尝新鲜的呀。

刘：你！不许你侮辱他！

丁：呵呵，还护着他，真傻！

刘：我傻不傻跟你没关系！

丁：我只不过是为你好，你交代得好，这次入党就批你了，可你这个态度，我怎么帮你呢？

刘：别拿党票吓唬人！大不了不入了。

丁：我哪是吓唬你，不入党也行，但是你也不能光为自己，还要为你的股长考虑。你想想，他那么能干，又是专业干部，前途无量啊，如果在作风问题上栽了，就太不划算了！

刘：（哭）

丁：所以呀，你要把你们最近的情况详详细细地告诉组织，认错态度好，组织才会原谅。

刘：我要是不说呢？

丁：那组织上也就不能姑息迁就了。

刘：你们打算怎么处理我们？

丁：那要看你的态度了。不瞒你说，你的股长全都交代了。你想想啊，他会真的为了你葬送自己的政治前程吗？

刘：不会的，不会的，他不会说的，他是一个爱情至上的男人。

丁：怎么不会，他是昨天交代的，说你们俩悄悄回了他的老家。他不交代这些我们能知道吗？还说你找他的家属谈判，让她放手，这都是他亲口交代的。

刘：你骗我。

丁：骗你干啥，他还说了你不知道的事。他说，在你们离开后，他的家属跳了楼！腰椎摔断了，虽然保住了命，可一辈子瘫了。

刘：她不应该这样，她应该同意离婚。

丁：你说什么？

刘：没有爱情的婚姻是不道德的！我不同情她。

丁：你可真要命啊！小小的年纪这么狠。你说，现在让你的股长咋办？

刘：他答应会和我结婚的！

丁：可他有老婆孩子啊！更何况他老婆现在已经……

刘：那我也要一辈子跟着他……

丁：你就愿意扮演不光彩的角色？

刘：我愿意我愿意！你就不要再说了。

丁：你还是再好好考虑考虑。

刘：没什么考虑的，我不会欺骗我自己。

丁：那好，我知道了，不，是组织知道了，你回去等候组织处理吧。

有一年，我在街上看见了刘术，她手里牵着一个小女孩，是她的孩子。她和我面对面走过，都愣了，却都没有招呼，像是一下子还不能点醒那段陈旧的记忆，也似乎担心互相应该说些什么？你，结婚了吗？和谁？

我听说过他们的消息：那个刘术，没有嫁给她的股长。她的股长也没有离婚，但是受到军内记大过处分，撤销党籍，发送回老家了。刘术，复员。

十八年前的那个秋季，没有人和刘术说话，在一个人人都努力争取入党的环境里，她成了瘟疫的源头。好像一旦接近她，就会粘上一身臊。谁愿意给自己的名声抹黑！

我来了，刚从军区报社实习回来。在她偶尔不去她股长房间的夜里，会和我一点一点说她的爱情，讲着讲着她会流泪。她把自己的隐私说给我，而不说给别人。或许是实在没人可说，或许是实在想找个人说说。我还有些纳闷，她为什么信任我。

她那么执着，那么不顾一切，她是认真了。我开始为她着想："你们现在的情况很特殊，以后打算怎么办呢？"

"以后……他转业，我复员，我们就结婚。"

"可是，他还得先离婚啊。"

“其实，离不离的也无所谓，只要有感情就足够了！”她很坚定。

那是不顾一切的年龄，是为爱情香消玉殒的年龄。我理解她。

夜深了，她在宿舍打扮自己，把浓密的头发梳出蓬松的波浪形，再把已经很大的眼睛涂上一些眼影，问我：“好看吗？”

“好看！”我说，“本来你就好看呢！”

“他会不会还嫌我丑呢？”

“怎么会呢，你要再丑世界上就没好看人了！”

她感激地冲我笑笑，两个酒窝里盛满了天真和纯净，尔后，穿上软底拖鞋，像一阵幸福的小风，飘出了我们的房间。

我们擦肩而过，像从不认识的两个人，更没有住过同一间宿舍。我们已成陌路。

无边的快乐

上火车前，母亲从腕上摘下欧米茄坤表，戴在我的腕上。下火车坐汽车，在中卫县城住了一宿，第二天，一艘球场大小的平板渡轮在黄河渡口吞咽着汽车、马车、牛车和人群。我被它吞咽进去，站在球场边线，即将出界又没有出界。

渡轮起锚，汽车尾气、机油烟雾和棉袄、旱烟、麦秆、咳嗽的气味混杂在初冬凛冽的空气里。平板渡轮把这些物件以及物件之上的气味一点一点运到了河对岸。这些气味一上岸就立即散开了，飘向四面八方。带着气味的人目的明确，各自行进在他们的路途上。我行进在通往永康乡的路途上。和别人一样，作为一个人，我目的明确。

永康乡向南两公里，黄河古河床干涸的谷底，就是我的目的地——兰州军区84553部队新兵训练营。

女兵班十个新兵都到齐了，有人给我们打来了开水。说洗个头吧。我脱了棉袄，挽起袖子，抹下手表，洗头。水很烫，冒着热气，手烫得红红的但是舒服。我又洗了脸、胳膊，最后擦干头发，仰起脸，伸手取床褥上的手表，没有。

我看了看白床单，新新的刚刚铺上，床单上只有我的棉袄，我拎起棉袄，抖了抖，没有。摸了摸被底，没有。翻了所有的口袋，没有，都没有。我坐在床沿上想，不用四处寻找了，是徒劳，记忆力确切地告诉我，就是放在床褥上了。

手表不翼而飞。

这是我入伍第一天发生的第一件事。不值一提。

五个月后次年的春天，阳光明媚，春花盛开，永康乡黄河谷底的梨树飘满了芬芳和白色的花瓣。我已经戴上了领章帽徽，我们班十个女兵都戴上了领章帽徽。我们这些合格的军人，在阳光照射的通铺上，整理着背包和行李。我们就要离开了。

一块黄泥包裹着的疙瘩，从王妖娆的背包里咕噜一下滚到了我的床铺上。王妖娆正跪在铺上，一个膝盖压着背包，另一个膝盖压着背包带，打井字结。

我捡起那块泥疙瘩，泥斑缝隙处露着小米粒大小的一块金属亮片。这个颜色似曾相识。我有些奇怪，我们的床上怎么有古怪的泥疙瘩？我捡起泥疙瘩，在床沿上磕了磕，泥斑一点一点噼噼啪啪地开始剥落了。

王妖娆歪过头，看见我手里的泥疙瘩，一下从背包上跌了下来。我说你怎么不把东西弄干净就往背包里打呢？我又给她磕了磕泥疙瘩，金属亮片一节一节露出来了，像金鱼的鳞片，一节扣一节的，有些柔软，最后，露出了金鱼的头——那块欧米茄手表。

我握着我的手表，痴了，问王妖娆："这，这怎么回事？"王妖娆哀哀的，但还是对我笑着，妖娆的眉眼闪着亮光。她的鹅蛋脸比鹅蛋还圆润，比鹅蛋还白皙。她笑起来，眼睫毛弯弯翘翘的，毛茸茸的像个芭比娃娃。那时候还没有芭比娃娃，芭比娃娃还没有进入中国大陆，甚至还没有在欧洲盛行。那时候都说洋娃娃。王妖娆就像个洋娃娃。

这个漂亮的洋娃娃冲着我笑。她的脸一点也没有被三九寒天的风沙吹干吹裂或者呈现两个"红二团"。她每天都往脸上涂厚厚的白粉，训练的时候会往下飘粉末，逆着风能闻到甜香的脂粉味，弄得营长的小女儿追着女兵班用拐弯的邯郸话大声地喊："小白！小白！"营长在队伍前面横眉冲女儿喝："滚一边去！"女儿就站下来，嘴里小声叨咕："小白，小白……"

小白还是笑着，嘴角弯弯的，白牙齐齐的。她咋就没一点缺陷呢？现在，满世界那么多明星、歌星、影星，我还没见过一个像"小白"那么好看的。这么妖娆好看的一个女孩，就是天天睡在宁夏中卫永康乡黄河谷底的85年的新兵吗？

和她一起睡在这里的还有九个女孩，她们都没她那么爱笑，为什么要笑呢？天寒地冻，队列内务，水煮白菜，紧急集合。她们已经远离了自己，或者把自己暂时存放在了别处。此时的自己不全是自己，只有一小点是自己，或者连一小点也没有。她们十个人变成了一个人，变成了她们都不认识的一个人。她们没什么要笑的。

只有小白，还是在笑，咯咯咯咯的，弯着腰笑，笑红了脸，就赶快给脸上扑粉，扑二十分钟粉，脸又白了，有些惨白。

是我们九个对未来的预期过高了，我们的沉重就多于小白的？

那时我们还都不懂得世间隐藏的某些奥秘。一个对未来不抱美好期待的年轻人，是多么暗淡无光！我们不羡慕小白。

小白平白无故地就蹲在地上笑。一次她和另一个人提水，走到半道，手滑脱了，水溅了一地，桶也倒了。她笑得不止。另一个人觉得有什么好笑的，不就洒了桶水吗？她蹲着不停地抽着："好玩死了！"另一个人觉得小白真傻。我们也觉得小白真傻。小白又回去重新打水，把空桶放在铁管下面，双手握住压水的铁手柄，一下一下往上压水。八十年代的农村，那样一个压水水井，如同当今农村往各家各户通了自来水管一样先进文明。

小白还没有完全掌握压水技巧，那是一个有难度的操作，要利用巧劲而非狠劲，要一点一点细碎地压下抬起，这样重复着，重复着，感觉到伸向地层深处的空气一点一点逼上来了，实际就是地表下面的水一点一点逼上来了。这时候，才能拉满手柄下压，提起，再下压，像一把强弩拉开了，箭就要离弦！一股白花花的清水呼的一下冒出来，又一股，又一股……

小白没有学会这个技巧，这个技巧是需要观察思考和多次体验的。小白不以为这里面的学问有多深，压水而已。小白弓着身子一下一下压着，她把手柄压到极限，又抬到极限，手柄哐哧哐哧悬浮在地面空响着。没有被地下的空气或水分吸住，它怎么能不空响呢？这是自然界的一个奥秘，小白不明白这些，小白不知道世界会这么复杂，四处隐含着暗示，她还来不及思考形形色色的奥秘，她还要不停地笑，不停地快乐呢。

不知道就容易快乐，知道了就痛苦了，是谁说的？我们是需要快乐还是需要揭开对于这个世界无边的好奇心？

小白终究压不出水来。她有些惊异，停了停，就这一停，地下的水得到了救命的呼吸，它们凝聚着一寸一寸爬上来了，只要小白再稍稍下压一点，它们就都喷出来了！小白哪明白这么多，她只知道压水，她的桶里还空空的呢。于是，她又把手柄向下压去。

小白醒来的时候，躺在卫生队里。一睁眼睛，她就笑了。可是下巴的剧痛把她的笑堵在了半路，她的笑没有完整地流出来，嗓子里的咯咯声变成了模糊不清的哼唧声。她左右看了看，我们几个人坐在旁边。她指了指墙上挂着的圆镜子。有人给她递过去。她在镜子里看见自己的脖子和下巴被绷带紧紧缠裹着，又笑了，这次是从眼睛里流出来的笑。

“我的下巴碎了吗？”她口齿含糊地问。

“碎了。”

“是被水打碎的？”

“不，是手柄，压水的手柄。”

她笑得流出了眼泪，嗓子里咯咯嘎嘎的。我们也笑了，捂着嘴笑，遮着脸笑。她说这下可好了，我不用出操了，也不用训练了，你们还得给我端饭喂饭，多好。

这么一说我们还真有些羡慕她了。一个人躺在热被窝里，听着山坡操场上拔正步和喊口号的声音，和自己无关，听着北风呼啸着扑啦扑啦从窗缝吹过，和自己无关，甚至在深夜，急促惊恐的紧急集合哨声抖抖索索地吹响了，也和自己无关。一副破碎的下巴能换来这么多，难怪她笑出了眼泪。

她一个人在十个人的通铺上卧着，视野十分辽阔。她发现这间教室大小的屋子如此宽敞，除了床铺占据了三分之一的空间，地面上只有一个油桶大的铁皮炉子，炉膛里的火呼呼响着。虽然房间窗户透风，但挤进来的小风压不过喊叫的火势。班长的单人床顶在里侧的墙角，细细窄窄的，形不成什么气势。十个绿色缸子齐齐地排在窗台上，十条毛巾叠成被子形状坐在缸子上，没有多占一点空间。剩下的全是空旷的地面和空旷的白墙。

小白环顾着四周，笑了，她对眼前的一切十分满意。这是属于她一个人的空间，床铺、地面、炉子、温度，还有一整天的阳光。她还有什么不快乐呢？

她想起写给家里的信正走在路上，想起家里寄给她的包裹也走在路上，包裹里塞着这里没有也买不到的各种食物，她可以靠在床上慢慢吃，慢慢地吐皮，再慢慢躺下。她躺在被窝里，就有些迷糊，隐隐进入了浅梦，浅梦的画面似真似幻，她看见了宿舍不远处干河床边的那个小洞，那是来这的第一天她用一块小瓦片挖的，拳头大的小洞刚好塞进一块手表。一切都那么舒心妥帖，虽然碎了下巴，但她还是微笑着睡着了。

当我拿着那块泥疙瘩，问她这是怎么回事时，她对我笑着，妖娆的眉眼闪着亮光。那个白皙的鹅蛋脸，那弯弯的睫毛，都对着我笑。她说："别生气，我给你写悔过书。"

我分配到团政治部宣传股，她分配到酒泉通信营话务班。一个月后，我收到了一封从酒泉寄来的信。寄信人王妖娆。

我找了个没人的地方，把信拆开。王妖娆恪守诺言写来了一封悔过书。那封信我没有看完，原因是她写得太深刻太真挚太痛改前非了。我天天在宣传股给部队写报道，没有一篇文字写得像她那样倾诉衷肠掏心掏肺的。虽然我有一定的写作能力，但我没有把它全部用在本职工作上。我被感动了，读了一半就达到了事半功倍的效果。我折起信纸，立即阻止了她的悔过。虽然那块手表已经不再走动，我也没有再戴过它，它已成了废品，但是，我可以保存它，不必让它记载所有的时间，只要能记载黄河谷地某一天某一刻就已足够！

我给她写了回信，很短。我说："信收到了，放心，我更想听到的是你的笑声。"

悲伤，不悲伤

楼下院里有人过世了。是老人。

我躺在床上，听见喧闹吵嚷的声音，已经深夜12点了，传来划拳喝酒的吆喝。我断定，就是有人过世了。

冬季，是生命走向死亡的旺季，尤其是老人，他们在刚刚立冬时就开始消逝，像那些年迈弯曲的枯树，熬不过寒冬。随着寒流一股一股袭来，扫荡生命的速率也开始加剧。

我在这所院子住了十几年了，十几年前见到的老人，现在已经所剩无几了，他们大都是在冬季离开这个世界的。两个亡者同时离开，两家人同时操办丧事，我也是见过的。

院子里的声音更大了，声响的内容也更加繁杂。有安排搭灵棚设灵台的指挥声，有砌炉子和泥的搅拌声，有来回跑动慌慌张张的脚步声，听上去热热闹闹。以前，我会趴在卧室窗子上，看看是否真的有人去世了。我看到一个军绿色的帆布大棚，方方正正地支在院子里，几只大号灯泡通明地点起来了，院子被全部照亮，大棚里空空荡荡的，还没有一个花圈，那是第二天才会有的。我看了一会，觉得冷，就躺下了。

现在，我不用起来，我用听力就可以判断，的确有人离开了。

我靠在床头，继续读那本随笔集，它还没有读完。我是第二遍读这本随笔集，大概两年前读过一次。我挑着一篇一篇地看，对哪一篇的标题感兴趣，就看哪一篇。被我挑中的篇目，几乎没有一篇读后让我失望，还有一种久违了的好感！用这样的方法读书，尤其是读随笔，真是享受！

合上书本，院子里传来响声，我知道，空心铁架已经立起来了。那些拳头大的“纽扣”，像冬夜里许多皴裂的黑手，将几丈长的空心铁管在纵横交错处紧紧捏住。刚才，咣啷咣啷往地上抛掷金属铁管时，我正在读一篇文字的结尾，我没有被响声打断，我顺利地读完了，完完整整把别人的文字吸进了我的骨髓。

没有被另一件惊心动魄的事所打断，这是我从前没有的定力。人的内心生长了屏障，就生长了隔绝和通融。我也有些惊讶。

放下书，对于死亡，我竟如此平淡，我心里没有发出前几年的一声慨叹：噢！有人没了！然后一整夜都不能入眠，稍一迷糊就做一些惊恐的梦。现在，我一点也不张皇，也不感叹，还是继续懒散在自己的困倦中。

对于死亡的淡漠，是我对这个世界有了不同的认识，还是已经麻木了？

我该睡了。我的生物钟依然使我白天清醒夜晚困倦。我只能做个凡人。可是，楼下那些声音打断了我的钟表，指针慌乱起来，滴滴答答踩不上节拍。

有人大声喊：“砌炉子的，手底下快些！想把老子冻死？”

“老哥，泥巴还湿着，一下点不着啊！”

凌晨1点30分。室外的温度已经下降到零下5度。我每天关注的是最低温度，对高温不太在意。低温是发出命令的手：该不该出门，去多远的地方，穿什么大衣，围不围围巾，感冒或者发烧，发烧要去输液，烧得糊里糊涂，物理降温，哼哼唧唧……

低温，还能拿走一个人的性命！就在今夜，在这个零下5度的西北，一幢普通的七层住宅楼里，一个老人，拗不过低温压下来的手腕，在它面前缴械投降了。不久后，气温还会继续下降，零下10度，零下15度，将会有更多的寒冷的手压下来，更多的人默默投降。

两点，划拳的声音炸响了黑夜。刚砌的炉子已经烘干了，火苗也蓝蓝地燃了上来，他们围着炉火开始喝酒。

这些连夜赶来帮忙的人，有的是逝者的远房亲戚，有的是逝者子女的哥们弟兄。有句俗语：“为哈朋友做啥呢？红白喜事帮忙呢。”意思是说，一个人那么多年为人交朋友是为了什么，就是为了在红白喜事上帮忙撑面子呢！

为人交友的目的简单又明确，活着的意义也就简单明确了，红喜与白喜，生和死，两件大事，人们为此忙碌一生。

他们把酒烫热了，围了一圈。一个人开始打关。他挨个和所有的人划拳，输者多喝，赢者少喝。遇到有人耍赖或推托，就吵嚷起来，要争出个子丑寅卯：“喝到！”“不喝！”“不喝我灌了！”“来！你试一哈！”

满院子的喊声乱糟糟的像打架一样的，其实不是，其实他们不会真打起来，他们是为了营造气氛，营造一种人气很旺，子孙后代很繁茂的气氛。周围等着应关的人呵呵笑着，看着那两个人拉拉拽拽，推杯换盏，兴趣盎然。

此时，逝者独自躺在医院冰冷的太平间里，不知道外面发生的事，不知道他家院子已经来了很多人，热热闹闹摆开阵势，因为他，要大办一场体面的“白喜”。

这些“聚集人气”的人不必蹑手蹑脚，悄没声息，他们可以放宽心了折腾！绝不会有人因为邻里的丧事搅扰了他的睡眠而报警，或出来干涉。

整个楼群异常安静，每家窗口早就熄了灯，像是都进入了睡眠。但是我知道，没有人睡得着，这样的响动根本不可能入睡，他们和我一样，关了灯，躺着，望着黑夜，发呆。

这时，楼上的一个窗户里传出几声号啕，是女人的声音，应该是逝者的近亲。他们是悲伤的。一位哲学家说：“死亡并非死者的不幸，不幸的是生者。”生者坐在家里，眼睛红肿，呆呆地望着白墙，听着院子里的笑骂猜拳，心里抽搐了一下，像一根针挑手指尖的刺一样。他们的耳朵使劲阻挡着那些声音，但在万籁俱静的夜里，这声音像一把把利剑，刺破了每个人的耳鼓。可是，这些真正悲伤的亲人，还是不会克制不住地冲出去制止：“别闹了！我家死人了！”他们极力抑制着自己，这是规矩，是风俗，风俗就是古上传下来的定律，定律就不能轻易改变，况且，那些人都是热心来帮忙的，在冷风嗖嗖的夜里冻一个通宵，他们应该感激才对。亲人悲愤的眼光只闪动了一下，就立即幻化成感激的眼神。我敢断定，这是人类自行转化思维速度最迅捷的一种！

第二天，开始有花圈了。那些冰凉的花瓣，被细细的铁丝拧在竹竿上。铁丝躲藏在花瓣后面，一圈一圈的，是人的手留下来的骨刺，刺痛逝者的灵魂。逝去的人已经忘却疼痛，这个上午，那些骨刺从城市的各个角落拥来，围在院子里。逝者躺在太平间，面部仍留有疼痛扭曲的表情，但他也是沉默的。他在等待。

帆布大棚里已经摆上了逝者的相片，一张放大了的壮年正面照，微微带笑，英武强悍。这就是逝者的样子，是逝者二十年前的样子，不是他现在的模样，他现在早就不是相片上的样子了，已经脱了人形，没有几斤肉了。

人们给一张壮年的相片烧香，燃纸钱，然后走到相片旁边记账先生处搭礼金。人们依次冲着相片鞠躬、作揖、磕头，守灵亲人此刻要放声号啕。声音突然传出来，震天动地，压倒了马路上疾驶的车辆声和附近工地搅拌水泥的机器轰鸣声。亲人们哭着，嘴里还不断地埋怨、指责、数落着，好像这个人死了都是他的错，是他撇下亲人享清福去了。

吊唁的人行完礼，一转身，哭声就戛然而止，像开关一样。

一整天，我听见无数次机械的哭喊。下午，哭喊声已经很干燥很无力，软绵绵的低哀着。葬礼司仪命这班人退下去休息，换上一班新的。新人一上来，哭喊声立马脆亮起来！

我下楼去超市，走到楼口，花圈已经立着摞成了两层，开始往院门外伸展了。最边沿的一个花圈有些特别，没有两串写着“×××大人千古”的挽联，光秃秃的，只在花圈中心贴着一张小纸条，我走近细看，三个字：售花圈。下方有一溜黑黑的电话号码。

这个花圈混在真正的花圈里，却不是真正的花圈，它很“行为艺术”，也很“非人类”。我佩服售花圈者的聪慧和谋略。世间任何一个微小的缝隙都能闪出亮光。这就是世界。就是人类。就是有人死了，有人要生。

第三天，天还没亮，动静忽然大了起来。出殡的时刻到了！

葬礼司仪高声吆喝着，嘭嘭嘭，使劲拍打着寿材（逝者已经被连夜拉回家，入了殓）。意思是说：“行了，走吧，上路了！”他大喝一声：“起——”寿材抬起来了。接着就听到摔瓦罐的声音。头顶瓦罐的大孝子将它摔得粉碎，要告诉死者，听到了吧，我们送你出发了。

这时候，后面跟随的子女开始齐声大哭。这回亲人真的要走了，真的要永远离开他们到另外一个世界去了。他们嚎叫着。这最后一次号啕的机会，值得珍惜。谁若是还把悲伤埋在心底，不发出响动，那他最为不孝。有个女人扑上去，拉住棺材不让走，哭着哭着昏厥过去，软塌塌地倒下了，她两边正号啕着的人突然住了声，把她架起来，然后又一起嚎。

高高扬起的幡为死者扬起了招魂的旗帜。打幡的地方响起了鞭炮，激烈地炸裂着，逝者吓了一跳：又不是过年，怎么放炮了？我都死了，还满世界嚷嚷，怕别人不知道？

可是，逝者已经起不来了，也说不出一句话，他是此刻这个世界唯一一个最顺从的人。

这个最顺从的人听不见也看不见人们的悲伤和嬉闹，更抓不住自己的内心，他已经灵魂出窍，开始往远处飘飞。谁又能知道他此时的心思呢，谁要是能说出一个灵魂的心里话，他一定是个大师。

我认识一个葬礼司仪，他每年应邀主持好几十场葬礼。他的懂民风、好讲究、阴阳两界皆通、口才好、嗓音亮远近闻名。他曾说："我就清楚那些闭了眼的人想的啥，我能把死人心里的话说出来。"每次，他在起灵的时刻都要替逝者发布一番事宜，所有的人在他脚下匍匐着，三拜九叩。

后来，他说："干了这个也会上瘾，时间久没有人请还真着急，六神无主的，怎么还不死人？怎么还不死人？"

夏天了，他很无聊，就去主持婚礼。这是葬礼的淡季。他的主持风格诙谐幽默，他的热情感染了所有人，博得满堂彩（我参加过他主持的婚礼），一对新人一边喝交杯酒一边悄悄念叨：这人是谁介绍来的，真棒哎！

这个人穿梭在红白喜事中间，如鱼得水，满面红光，眼睛缝里都露着笑意。一天，好好地在路上走，一辆卡车冲上人行道，像瞄准了他似的。一滴血都没出，人完完整整的，没拉到医院就咽了气。那个司机开着卡车在人间消失了。

有人说："他冲喜了，老天爷收他去了。"

我不知道老天爷在哪里，有没有眼睛，我只知道，它把这样的人收走了，世间就少了一个能互通阴阳的大师。

他在另一个世界见到了被他送去的每一个亡人，他很厌烦他们，他一辈子都不想和这些人打照面，可他满眼睛看到的都是那些冰冷的面孔。

给自己寄的包裹

北京慈云寺，邮局，我在缝一个包裹。

我蹲在地上，往一个硬鼓鼓的编织袋上缝一块白布。我已经在白布上写好了地址——兰州市东岗东路1940号。地址的下面写了收件人的姓名——沙戈，在右下角寄件地址旁写上了寄件人姓名——沙戈。

这是沙戈寄给沙戈的包裹。

我蹲着，那条韩版黑色连衣裙的纱制蕾丝花边很轻，虽然没什么感觉，但我知道它们拖在地上了。我来不及拉拽。我的身后始终有人走动。我知道，肯定会有人踩到裙边。有个女人走过时说："你，裙子拖地了。"我假装在她提醒前是不知情的，用饱含谢意的目光回敬了她，并腾出左手，将裙边揽到我的腿弯处。

我继续聚精会神缝包裹。我的周围排了一长溜汇款的人，一长溜取款的人，一长溜发快递的人，还有一长溜寄包裹和一长溜取包裹的人。我被他们掩埋在交错的人腿中，我的眼里装满了人腿。

他们的包裹都没我的大，装在纸盒或是精巧的小袋中，他们将邮件或包裹拎在手里或抱在怀中，耐心地等着队伍缓慢前移。人们的生活已经被安置得越来越精致了，或者正在往精致里安置。只有我的包裹，一人长，半人高，形状很古怪，躺在地上又沉又重，难以挪动。这个“人”正躺在这里，蹩脚又丑陋。

再丑陋的人的身体，也是有一些内容的。它的内容有两件大衣，叠成长方形，平铺在最下层。五件毛衣，大红色一件，我在本命年买的。黑色一件，去年回老家大嫂送的。兔绒烟灰色的一件，薄且保暖，是我始终都喜爱的颜色。还有咖啡色和淡绿色的两件。一个小店打特价时，咖啡色的价格吸引了我。那件淡绿色的，我已经记不清它的来历，只记得它穿在我身上，和我一起经历了几件不应忘却的事。

每件衣服都是一篇日记，记载着某些不为人知的内容。像是走在街头，旁边店铺传出多年前一盒磁带的旋律，脑子里立即就出现了过去的某个画面或场景，还有画面带来的所有人和事、情绪和情感。

我把那些衣服装进了这个“人“的身体里，压瓷实了，是为了腾出更多的空间，塞进我的四双靴子、三条裙子、五条裤子、六顶帽子。这些陪伴我的物件有的已经旧了，有的还很新，像生活里认识的人，老面孔多起来了，新的就越来越少，新的和旧的挤在一起，拥住了一个人的生活。

一个人把自己活旧了，他的旧衣物也肯定不少。我用过的一把勺子，是二十年前的，经过几次搬迁，还是没有遗失，还是在我的杯里待着。我从未在意过它，一个小小的勺子丢了又有什么大不了的呢，但是二十年了，它却还在，就不能说它比二十年前的某个故人要轻易吧。

我已经把所有过冬的家当都装进这个“人”的身体里了！它的肚子被我塞得鼓胀难耐，它将带着秋季和冬季，和我沿着同一个方向出发。

我一针一线地缝着，大针又长又硬，不会拐弯，要穿过硬鼓鼓的包裹，就得使劲捏起绷得很紧的表面，手稍微一滑，针头就会刺进手指，猛地往回缩，甩着，然后再接着缝。

我想起了儿时见过的父亲缝合刀口的手术针，弯曲的，像镰刀和月牙。父亲用镊子镊住针头，两个方向对着打结，绕着创面打出不同的花针脚。那些漂亮缜密的针脚是父亲的绝活。他从来不会捏住病人的皮肤，完成一个手术最后的缝合。

为什么邮局不做一些弯曲的针呢？我抬起头，看到一个农民工模样的男人扛着一个大包进来了。他把包裹搁在地上，到处找针。我指给他旁边的柜台。他看见针了，而且是已经穿好了线的针，长长的双股白色棉线。他把针拿在手上，左手顺着线捋到末梢，将两根线拽齐了，在手指尖上舔了舔唾沫，熟练地打了个结。他蹲在我的旁边，也开始缝那个已经拉上拉链的包裹。

针是硬的，拐不出来。他用手指顶，也顶不出来，“龟儿子！”他骂了一句，扔掉了针。他向外走去。他自己走了，把他的包裹扔在那里。

出来进去的人都绕着那个包裹走。那个包裹不比我的小，也那么横躺着。我伸手拽了拽那个包裹，拽动了。像是赛的棉被棉衣什么的。我把它拉到旁边，让出通道。不一会，那个男人带着一个女人进来了。女人蹲下来，开始缝。她捏起包裹，一针一针缝过去，嘴里咕唧："笨死喽！有啥子用！"

那个包裹可能比我的软，看上去要好缝得多。那个女人针线行进的速度很明显。她或许是个裁缝，或许是个医生。看架势还是像裁缝，因为她的肩上搭着一把软尺，右手中指套着个顶针。

她把包裹的"皮肤"捏得隆了起来，穿梭其中的大针就顺畅许多了。坚硬的大针不会为一个包裹尽折腰，只能是包裹弯曲才行。好在包裹不是皮肤，不会疼，它只不过是一只死板的袋子。所以，邮局当然不会为一只死板的袋子准备弯曲的针。

我看着自己的包裹，我低劣的缝合术远不如那个裁缝，更不如父亲，但我还得继续为它缝合伤口。我要救它。

我要把它缝得好好的，让它得以恢复，让它完好无损地走在回家的路上。虽然它让我感到沉重和不安，让我感到疼痛和惶恐，但是，如果我不把它安排停当了，不把它交给能托付的一只可信的手，我就不会离开这间邮局！

我动了一下，腿麻麻的，两条腿像两根花椒树干，上面沾满了尖锐的花椒。再动一下，那花椒就一粒粒地跳跃起来，用针扎我。我费了很大的力气，才站起来。拖着沉重的包裹移向柜台，两根花椒树干一点点不见了。

我终于把包裹送进去了。里面的一双手把它抛在地上，然后扔出一张单子。

我松了口气，如释重负地走出邮局，甩着两条空胳膊。一下子像少了什么东西，轻飘飘的，连自己的身体都轻得飘起来了。脚底下空空的，一步一步往回走，我还从来没有走得这么轻飘，这么没有分量。我还是我吗？

两天以后，我出发了。

坐上火车，发了会呆，我就开始想，那个包裹现在走到哪里了？它在我的前面还是在我的后面呢？我想它应该在我的前方，当时他们承诺的是十天以内到达。也许它还没有出发，在哪个库房的阴暗一角，被压得变了形。要不，它已经出发了，就在刚才那辆呼啸而过的列车里。

我这样胡思乱想着，一直想一直想，忧心忡忡的。最后，终于得到了一个自我慰藉的结论：无论它在哪里，只要它就在人间，我都会充满感激！

可是，我还是有些踌躇不安，在火车上惦记着那个包裹，它的情境充满了未知，像是看不见的一个亲人，总是报喜不报忧的。这个无力的包裹，能被他们爱护吗，或者不被他们爱护。我倾向于后者。他们没有爱护它的理由，为什么要爱护一个又大又重与自己毫不相干的丑陋的袋子呢，当然不值得。爱护是需要情感成分的，情感不是一个随便就可以建立起来的东西，是需要时间、恩怨、筋和骨头的撕扯碰撞才有可能产生的事物。而那个包裹，又没有他们的体温、印记、气味和种种追忆，他们怎能对它报以情意？我更加怀疑了。就像每次我看到《新闻联播》里说，某某某，为社区五保户老大妈义务担水买菜20年，风雨无阻，比亲生儿子还要亲。我的第一反应是：虚假报道！我不单有些怀疑，还有些可笑，为什么呢？一个大的社会，被主流媒体生硬地牵引着，观众是牛的鼻子吗？观众真的是牛的鼻子的话，那个笨拙的鼻子也会闻出哪里是青草哪里是干粪。

我的孩子也不信这则报道。他也在笑。我问他怎么了？他说："假的。"我说："人做一件好事并不难，难的是一辈子做好事。"他说："那是！"

一个十五岁的，还没有完全建立世界观的孩子，他的视力是5.2，这双眼睛什么都看得见。每次播《新闻联播》的时候，他总想看别的台，别的台会有些有趣的事。我说先看看《新闻联播》，看看我们的国家发生了什么大事。他说："为什么《新闻联播》总是播中央开会？中央开会就是这个国家的大事吗？"我说："是的。"他说："新闻到底是什么？一只蚂蚁找不到回家的路算不算新闻？"说这话的时候，他正用手指尖划拉着花盆下的一小撮土，那上面有一只慌慌张张的蚂蚁。

现在，回来继续说我的包裹。

在路途上，我看不见它，就更不可能左右那些伸向它的手。那些戴着手套的有力但却冰凉的手，是怎样将它扔来摔去？我在想象，它会被无数次的扔上或者摔下，它甚至会被厌恶，被脚踢："怎么这么沉？妈的！"

我无力掩护它，只能让它落入未知的旅程，听天由命，像一个走失的孩子。这时候，一只袋子的命运和一个人的命运是极其相似的。这只袋子的主人，在另一个未知的旅程上，发了20小时的呆，她守着自己，轻拿轻放，像一只装了液体的杯子，杯口始终朝上。她在等待着被自己领取——这个55公斤的邮件，也被自己寄出去了，包裹单就是自己，必须要到1800公里以外的地方领取。她看着窗外的田野，已经空了，麦子躺在一边，也在等待某种未知。

她和她的包裹开始了龟兔赛跑。

一开始，它在她的前面，但是，它在一棵树下睡了一晚。它知道，反正乌龟还没有出发，就一点不急。等它醒来再上路时，乌龟开始奔跑了。乌龟只要一跑起来就不轻易停下，那是特快列车。要停也只是喝喝水，喘喘气，背点干粮什么的，也就三两分钟的事。兔子以为乌龟磨蹭，在中途的一个小站又停下了，它躺在一个闷罐子里，睡了好几个小时。当乌龟呼啸着从它的身旁冲过去时，它被惊醒了，它想追赶，但是已经来不及了，乌龟就要冲刺了。兔子悔之晚矣——都是自己的骄傲害了自己！

其实，这个传统陈旧的版本，是前人臆想编造出来的。最新版本的龟兔赛跑，已经有了本质的变化：乌龟和兔子早已结为联盟，而非对手。它们不想再听旁人的欢呼和抱怨，它们过去始终被人们高度关注和品头论足，它们厌倦了！它们想要别的活法。它们试图用一种极其接近的行进速度，也许是兔子慢也许是乌龟快，都是可能也都不是，这个不重要，重要的是，它们发现，它们首先不应该猜忌对方，从而满足了他人的欢心和愉悦。它们曾经被人们数落嘲讽，多么傻，又多么自以为是。这一次，它们要看一看，看一看再走。于是，它们一前一后，走在两条平行线上。它们一路都惦记着对方的速度和安全，眼睛紧盯着沿途的一草一木。它们约定了，1800公里外，并列冲刺！

这真的是龟兔赛跑的另一个故事版本吗？是的，还有结局，我还没有说到，我就要说到了。

1800公里到了，我下了火车，打车到家。这个家我一个月都没进来过了。它还像我刚走时的样子，床铺松松散散，沙发上有人压出来的窝状，像刚才坐过的。暖壶里有半壶开水，拖鞋搁在门边，梳子上挂着我的几根头发。我推开窗户，让一个月以后的空气进来，再把一个月以前的空气放出去。这个乌龟已经到了。那个兔子还在路上。

这个乌龟决定先把自己藏起来。她躲在一片树荫下，不能让猴子、斑马、长颈鹿它们看见，不能让它们以为兔子又犯了骄傲的老毛病，躺在那里睡觉呢。它要和兔子并列到达，这是它们出发前商量好的。

乌龟在终点藏了四天。第五天，接到一个电话，是邮局打来的。

我到邮局领包裹的时候，说了自己的名字和身份证号，一个小伙就从里面把我的包裹扛出来了。我老远就认出了自己的包裹。它在里间库房的架子上我就看见了，它有些变形。我指给小伙子："那个最大的。"小伙子径直走到我的包裹前，对了一下姓名，然后把包裹扛在肩上。

小伙子在我面前把包裹"啪"地摔在地上，包裹侧面猛地裂开了一个一尺见方的口子，一件毛衣从那里打着卷滚出来，滚到一边。一位女同事看见了说：“这谁的啊？”我正在低头取回我的身份证。另一个女人说：“就是从那个包裹里出来的。”

小伙子回过头，拾起我的毛衣，说：“这种袋子根本不结实，现在才破算你走运！”就把毛衣塞进了袋子，然后用宽胶带在那个裂口处来回粘了粘。

我歪斜着身子拎着有个伤口的包裹，从邮局出来，心里充满了感激。它破了，不要紧，它还在，这多好。我一点也不怨那个小伙子，他说得对，现在才破算我走运。

我的确走运，这个袋子是在我眼前破裂的，它撑了一路，没有裂开，经历了多次辗转腾挪，没有裂开，看见我了，才松气了。我找到了失散的孩子，怎么能不觉得幸运呢？

一个人临终时，一定要见自己的儿子，他一直挺着。儿子还在远处，得到消息舟车劳顿日夜兼程赶到病人床前，病人睁开了紧闭了数天的双眼，嘴唇轻微蠕动，儿子凑上去，听到了他最后的遗言，然后病人就安心知足地闭上眼了。

这个人也是幸运的。告别世界也是有幸运的方法的。

到家了，我开始给包裹拆线。我从床头抽屉里找出一把手术剪（是父亲的），一点一点把我缝的白线剪断。六岁时，我做了手术。住在父亲科里，但不是父亲做的，一个医生无法给自己的女儿做手术，哪怕是个小手术。手术交给一个叫“蒋歪头”的实习医生来做，因为他的头总是朝右歪着，直不起来。父亲站在一边，看着蒋歪头歪着脑袋给我做手术。我睁着双眼没有睡着，术前的催眠药物对我丝毫没有产生作用。麻醉科护士长探下头来，问我："认识我吗？"我说："认识。"她笑了笑，露出漂亮的白牙和好看的五官。她家住在我家对面，一家人嘀嘀咕咕总说上海话，一句也听不懂，但我觉得像唱越剧，好听。

局部麻醉以后，我感觉到凉凉的刀片划开了我，不疼，只是凉凉的，竟然还有点舒服。蒋歪头的手艺不错！我睁着眼睛侧身躺着，刚好看见父亲，他穿着淡蓝色手术服，两眼紧盯着蒋歪头的动作，蒋歪头的动作就更轻了。我想掀开遮挡在我眼前的那块消毒布，看看蒋歪头是怎么给我做手术的，但我一直没有勇气，一直怀着这个冲动，听他们轻声说着：止血钳……镊子……纱布……缝合了……

三天以后，我下地了。父亲夸我恢复得快，说刀口长得好。又过了几天，父亲把我带到治疗室，要给我拆线。

短短的手术线已经和皮肉长在一起了，再从愈合好的肉里拉出来，像拉出自己的肉，刀割一样，一下一下地火烧火燎。我尖声叫着。父亲说："好了好了。"我又尖声叫着，父亲又哄我说好了好了。这样好了好几次，我不想忍耐了："到底好没好？"我坐起来："不拆了！"我跳下了床。

父亲的手抖动起来，他也许后悔不该为自己的女儿拆线，当初觉得应该为孩子做些什么，就选择了拆线，但还是错了，这件事还是没有做好，作为父亲，这件事还是不容易做好。

现在，拆线的是我。我在给一个包裹拆线。这个包裹跟着我出了远门，返回的时候，被我给缝住了。我必须给它拆线。

我要让它痊愈。

我拎着父亲给我的那把手术剪（是不是当年给我拆过线的那把呢？）我想到了我身体右侧拆线时的感觉，它会疼吗，尖叫吗，抗拒吗？没有，它什么都没有，它很顺贴，一动不动也一声不吭，老老实实被我剪得七零八落。看来，拆线比缝合还是要容易得多，外科大夫更是如此。为自己女儿拆线例外。

我渐次取出了大衣、毛衣、靴子、裤子……取出了我的秋季和冬季。被掏空的包裹立即像一张脱了水的皮囊，皱皱巴巴，哗哗啦啦，软塌塌地瘫了下去。它被卷成一卷塞到了垃圾桶。我拍了拍手，像完成了一个大手术。我需要静养一段。我已伤了元气。

第二年，11月15日，我又蹲在北京慈云寺邮局，缝一个包裹。

我蹲在地上，在一个鼓鼓的编织袋上缝一块白布。我已经在白布上写好了要寄的地址——兰州市东岗东路1940号，地址下面写上了收件人姓名——沙戈，右下角寄件地址旁写上了寄件人姓名——沙戈。

我聚精会神地缝着包裹。这个包裹里有两件大衣、五件毛衣、四双靴子、三条裙子、五条裤子、六顶帽子。那个大针又长又硬，不会拐弯，我使劲捏起绷得很紧的表面，才能艰难地缝过一针。我的腿蹲麻了，站不起来，那些尖锐的花椒又一次一粒粒地跳跃起来，用针扎我。我缝着和三个月前一模一样的包裹。这个包裹将经历三个月前同样的旅程！

又一次寄出这个包裹的两天后，我出发了。我的这次行为原封不动地复制了三个月前的。那些存有我体温和气味的衣物，因为我对预期再一次的未知，又要和我做一次长途的龟兔赛跑了。冬天一直没有真正来临，包裹里的衣物一次也没有派上用场，它们白白跟着我走了两个1800公里的来回，就是1800×2×2=7200公里。

“人不能两次踏进同一条河流。”赫拉克利特很久以前说过的话，我以为我是懂得的。当我从1800公里外的那个邮局又一次领出自己的包裹，我感到我的双脚又湿又凉。

胆　怯

我刚结婚的时候，没想立即要孩子，可没多久就松动了主意。土壤里拱着一棵幼芽，一点点有力地探出头脸来。那是一棵怎样的幼芽，不遗余力地拱，在我身体的土壤里一刻也不停息。

我开始呕吐、乏力、情绪低沉，夜里做着恐怖的噩梦。

第一个月，双脚踩在云层上，软绵绵的，整天昏昏欲睡。第二个月，每个清晨会干呕一阵，脸憋成了紫茄子，却什么也吐不出来。我知道，这是身体发生了变化，器官不适应就会纷纷站出来反对。

一天，我发现身体悄悄流出了血液。这是个不祥征兆，尤其在妊娠前三个月。但是，我却仍然貌似平静继续着呕吐和厌食。我稍稍平静了些，想着身体里的幼芽仍然具有天然的水分和阳光，可以继续静静生长了，虽然血渍还在继续显现……

当母亲风风火火推开屋门，站在地中央急速训斥我的那个清晨，我依然静谧苍白沉默无语。母亲的话像突降的冰雹，砸得柜子椅子噼啪乱响。一些冰雹又从柜子椅子上弹起来飞落在我的身上，奇怪的是那些冰雹并没有砸疼我，它们只是让其他事物发出哀鸣，却不能使我。

母亲拽我上了车。

她拦截了B超室外排队等候的十几个人，此时似乎她很有特权，冲着诊断室嚷嚷，快给我看看，还全不全！

躺在小荧屏旁边的床上，周围一片幽暗，我躺在心里最幽暗的角落，这些日子不敢也不愿想的角落。此刻，我却异常安静，像终于找到了归宿，有种回家的感觉。任凭鱼嘴般的探测仪在我腹部左右游移，一次又一次，偶尔会稍稍压在一个位置停留一会儿。这时，我心里倏地掠过一丝感伤——停留的这个部位恐怕正是出血的根源。我看不见屏幕上的图像，但我思维的B超其实从出第一滴血时就已做出了准确判断，就早知道答案了。现在，我索然无味地等待一个其实早已知晓的谜底。

器械磕碰发出的声音，让躺在手术台上的我的身体不禁抽搐了一下。

那些钳子、镊子、剪子、刀片我曾多么熟悉，它们忠实地伴随我从小到大。我用它们过家家、种地、裁衣、做饭。有一年，我生日那天父亲送给我一把精巧的不锈钢手术刀，我拿它削了许多支铅笔，还在同学面前欢快地展示换刀片的灵巧动作，这个礼物给我的童年增加了些许的笑声。

此刻，我躺着，听着它们冰冷的磕碰，他们正在合伙议论怎么制裁我，因为我的身体在不该流血时流血了，它们要合谋制止这场进程，一场畸形生命进程。我束手就擒地躺着，平静如初，等待它们在我身体的土壤中除草、翻土、平整。

渐渐地，我开始喊叫，一声接一声。土地在除草翻土时也会疼吗，也会每翻一次就尖利地叫喊，声音由高变低由强变弱，渐渐发不出声来吗？而博大的土地永远都是一声不吭的啊，生生世世怀着巨大的隐忍和期待的啊。

一个十八九岁的实习护士被我的尖叫吓坏了，她没见过这场面，躲在墙角双手颤抖面色惨白。我一边喊叫一边用乞求的目光望着这个唯一没对我动手的人。她似乎忽然明白应该为我做些什么。她快步走过来，握紧我的手，用颤颤的声音小声说："就快好了，就快好了。"我像忽然抓住了一根救命稻草，掐住她的手。此刻，这个世上唯一给我温暖令我信任的人，是一个圆脸白净的未曾涉世的纯净少女。不久，我望着她的目光渐渐模糊、模糊……隐约听到一个遥远的声音——注射强心针！

秋去春来，一切又有了新的征兆。

在报社主编宽大的办公桌前，当我向他发布了一条新闻后，我看到他的脸由晴转阴又由阴转暗。须臾，他说，我调你来是办报纸的不是生孩子的。

十五年后再次回想，决定离开那家报社，或许是我人生中不多的几次英明决策之一——我放弃了工作，留下了孩子。

我怀着一粒种子耐心地等待长大。我常常带着这粒种子去离家很远的地方散步。说是散步，其实是骑车到5公里外的集贸市场买苹果。在嘈杂的人群里，我左右侧身，一面躲闪呼啸而过扛着大箱子的商贩，一面为步履蹒跚的老人让出一条缝隙。我是一个闲散游民，不骄不躁地四处溜达着，在苹果摊前驻足，我是他们最牢靠的顾客，因为我不砍价、不挑剔，红的绿的圆的扁的都会满意。

有一天，一只光亮的苹果在我掌心轻轻颤动了一下，只轻轻一下，也是剧烈的一下，女人的知觉告诉我，身体里的那粒种子第一次拱土了！我停下脚步，站在繁杂街角，目睹着纷纷过往的行人，他们有的高兴，有的哀怨，有的木讷，有的神气，他们没心思关注人流里一个和他们心境完全不同的人，此刻，已经深深爱上了他们，他们多么温暖可爱，他们脸上的喜怒哀乐多像电影里的慢镜头，越来越慢越来越亲切。

丈夫回来了，锁着眉头，说："怎么又买这么多小苹果，你就是舍不得花钱买大的。"我说："你吃吧，吃多少我都愿意削皮，别怕麻烦，我就不怕。"

胎动的次数由一天一次增加到一天两次、三次，而且每次位置都有所不同，力量也渐渐增大。这粒种子一直在追随着阳光转动的方向，梵高的《向日葵》焦急而又愤怒，我的种子焦急但却热烈。有几次我甚至在路上要停下来等他转动过去，等他摆好了姿势，再走。尤其在夜里，这粒种子更容易兴奋，跳着踢踏舞，在他的土壤里欢呼雀跃。

晚上，我把丈夫的手放在我的腹部，正在舞蹈的步伐触到了丈夫，他猛地惊恐地抽回了手，愣了半天，没再敢伸过来。

他不理解这粒种子为何有这么强的运动量，正如不理解我当初的选择。

八个月后，我面颊红润精力充沛，一次还挤上公共汽车为丈夫占到了一个座位。

5月的一个雨夜，妊娠的巨痛开始有规律地爬上周身了，似有一场巨大海潮在几百海里外酝酿着。我知道，风暴即将来临。这时，我不但没有惧怕，反而有些急迫，希望这场风暴来得更猛烈一些！这是一种奇怪的心理——既然是一场不可避免的风暴，我就显得更加兴奋了。

每隔一刻钟，子宫开始收缩一次，那是一把不大不小的刀子在你的身体里搅动几下，再过一刻钟，又开始下一次搅动。我冷静地让那把刀子在我身体里一次次搅动，渐渐的一次次缩短间隔，而搅动的时间由十分钟到五分钟，再到三分钟，搅动的时间由三分钟变为五分钟、十分钟……我开始用没扎液体的左手砸墙，像抡着一支鼓槌敲击鼓面，节奏密集而有力。但是，无论敲得多狠，小槌子也没感到一丝疼痛。我加大力气为了转移身体巨痛，而鼓槌敲击墙面的感觉消失得过于迅速，每砸一下，疼痛只会吝啬地闪电般稍纵即逝。

这时，我看见母亲穿着白大褂走进了产房。她冷静地环顾了一下四周，对我的疯狂置若罔闻。她凑到我耳边，声音压低了，说：“别怕，这次不会白疼了。”

母亲转身出去了，即刻，我像被注射进了一针麻醉剂，果真不那么疼了。当我听到助产士厉声喝道：“不要再用力，已经成功了！”我浑身的力量像一股远道而来的巨浪，无法停滞，无法让我在这一刻虚脱过去。

方圆一里地

以我为中心，以500米为半径画圆，是我生活了一些年的地界，这个熟悉又厌倦的地界，我把它称作一座城市的肺部，一个相对关键但也可以摘除的内脏。它不断发炎、肿大、咳嗽，侵入了某些不良病毒，应该摘除，至少应该被部分摘除。

它仍然在这座城市的东部四平八稳且理所当然地生病、发热，貌似痊愈，意气风发。它隐藏了病情，不太愿意让人知道。从外观看，一切如常：老人、青年、孩子，走了、老了、大了；房子、地皮、街道，拆了、盖了、铺了。若不是在一个地方扎下根来，看到时间缝隙处比缓慢更缓慢的致命擦痕，我就不会写出下面的文字。

阳台下的窝棚

站在阳台上，打开窗户，清冽新鲜的空气扑面而来。每天清晨，放出陈气，再放进来新的，是我的第一要务。

一大片荒地映入眼帘，有四个足球场那么大。这么大的一片荒地在这个城市的黄金地段已经闲置五六年了。从前，这里是少年科学宫，经常能看到中小学生兴高采烈地排着队，到里面的展厅参观稀奇古怪的天外之物，或瞪大了双眼观赏令他们匪夷所思的各类神奇发明。他们一边嚷嚷一边推搡着攀上旋转楼梯，钻进立体放映厅躺着看模拟电影，他们的尖叫我在阳台上都能听到。我喜欢这些尖叫。

很快，有人看上了这块发光的地皮。政府联手开发商拔掉了科学宫，他们有更大更有价值的投资设想，他们的设想较之仅仅为意识形态领域的少年科学宫要有意义得多。

工地围墙外挂着“文化搭台，经济唱戏”的牌子，对这句话的理解我讳莫如深，它的宗旨在后面四个字，前面四个字只是诱饵，像作文里的伏笔，所以，这句话看上去文绉绉的，挺合辙押韵。

一个城市没有少年科学宫，算不上什么，学生去学校或者去大街上。一段时间过去了，这块宝地因领导与地产商之间复杂的条约出现了分歧，后又卷进第三方，迟迟难以施工。随着时间推移，领导调离，宝地成了一块烫手的山芋，谁都不敢接手。

它立即成了一块废地，在我的眼皮子底下，长满蒿草，一场雨后，蒿草发绿，显得更加荒芜空旷。

这样的景致使我的视线疲劳得很，其实，它可以是一片草坪或者花坛，临时的也好，这是我的幻想，幻想就是不能实现的梦境。一天，我的梦被一个窝棚弄醒了。那是立冬的前一天，推开窗户，离我阳台很近的地方有一个窝棚，歪歪扭扭，紧靠着墙根。

有人选择在这里定居？

我疲劳的视线亮了一层。

第二天，一个人蹲在他“家”的门口刷牙、洗脸，然后回屋穿好衣服，关了门推着自行车走了。

傍晚，我收衣服的时候，那个人回来了。他的窝棚冒出一缕软软弱弱的炊烟，他在做饭。天幕说暗就暗，我也要做饭了。

天气一天冷过一天，屋里来了暖气，我看见他在窝棚上加了一些油毡，陈旧碎裂，显然是拣来的。窝棚的边上摞了几块蜂窝煤。他对过冬有所准备。

一天，阳光很好，他来了朋友。他在露天做饭，做的什么我看不清，他们围着炉子和锅，坐在碎砖头上，一人手里举着一瓶啤酒，碰了一下。

不远处堆着小山一样的空啤酒瓶，过几天又码起一堆，还有泡沫、纸板、草筐、轮胎、缺胳膊少腿的旧家具，竟然还有一个倒扣着的大浴缸……

有一天他洗了衣服，黑裤子折弯晾在麻绳绳上，像一个规整的“人”字，上衣对折着凉着，袖子垂掉下来，很像一个“衣”字。这种晾衣方式已经很遥远陌生了，但又非常熟悉，我就多看了一会。

12月，来自西伯利亚的寒流让人听见名字就往回一缩。这个名字可不会白来，它带来的大雪覆盖了这座城市也掩埋了那个窝棚。一夜间，矮矮的窝棚成了个雪包，弓着身子趴在地里。

我看到一条歪歪扭扭的小道从窝棚门口延伸出去，是天亮以后。那个人给自己扫出一条小道，扫完雪，顺着小道回到屋里，他重新走出来的时候，穿戴得干净整齐。

大雪过后，大地渐渐露出了真相，我发现那个窝棚不远处又有一个窝棚，更小的，断断续续冒着青烟。东边和北边不知何时也搭起一个或两个类似的窝棚，距离太远，到底看不太清。

我的眼睛越来越看不清这白色的大地了。

瘸腿儿子

陈雷到了青春期，还站不起来。这个孩子已经长胡须了，手指颀长，如果他能站起来，一定是个高挑俊朗的男生。

他的五官其实颇为好看，眉毛浓密，眼珠黝黑，像他的父亲。若不是脖子歪着怎么也说不出一句囫囵话，父亲肯定会喜欢他。

成天瘫坐在楼道里东张西望的陈雷，从五楼挪到一楼要花整整一天时间，他不厌其烦地做这一件事，他只能做这一件事，他心里急呀。

我下午回来，包包袋袋，猛地在哪个拐角绊了一下，就是陈雷。他伸出黑乎乎的手掌，拉住我的裙边，龇牙咧嘴流着涎水说："阿……姨，阿……姨，好！"

他的问候因为吃力显得格外较真。我停下来，等他吐出最后一个字了再上楼。他的母亲在厨房里看我回来了，冲我笑着说："陈雷的手脏得很，裙子让我给你洗洗啊。"我说："陈雷又长好看了，个子咋一下高了呢。"他的母亲就低下头，笑了："就是，这娃娃蹿得厉害，咋办呢？"

以前，陈雷还没蹿个儿的时候，在地上是一小摊，每次拉我裙子的感觉是清浅畏惧的；这一阵，长得变成一大摊了，拉住我的裙子不放，手紧紧攥着，从他眼神里我已经看到一条奇异的蛇在他的体内涌动了，他却不知道。

夜里，他的母亲在哭，她给陈雷按摩，陈雷不让，哇哇直叫，疼啊，母亲坚持，含着泪坚持。母子俩一起哭，哭到了深夜。

陈雷的父亲不住在家，每天去单位值夜班，清早才回来。他常常哼着歌子给自行车打饱气，带着陈娟玩去了。陈娟是陈雷的妹妹，因为陈雷的病，特批生的二胎。陈娟漂亮，浓眉大眼，聪明乖巧，爸爸走哪带哪，连买豆腐打酱油都带着她。

陈娟已经上小学了，爸爸每天接送，幸福得很。这个漂亮的小公主不让陈雷挨她，要是碰脏了她的衣服和铅笔盒，就哭天抢地。爸爸一听女儿哭，二话不说直接揍陈雷。陈雷被爸爸啪的一声扇倒了，歪歪抖抖地爬起来，半天憋不出一丝哭声；啪的一声又扇倒了，陈雷憋得快没了气，涎水往下淌。陈雷妈妈回来了，一见，抡起双臂，嗷地一声冲上去，就跟丈夫拼了命。边捶边喊："我不活了，不活了……"丈夫被妻子挖得满脸血道道，就那么硬硬地支着让她挖。

丈夫走后，陈雷妈的哭声连绵不断，潜进了我的梦里。

上访者

过一条马路，是中共中央甘肃省革命委员会，简称省委。那是个几十年的老院子，古柏参天，建筑悠久。有几个同学住在那里，有个朋友在里面办公，西服革履，走路碎步，从不大声喧哗。我在部队时的政治部主任转业到省委，在一个部门做领导，前几年突然去世了，说是累死在了办公桌上。

去年，我被通知到省委领奖金，一项文学奖的奖金。办公室人头攒动，黑压压一片，发奖金的公务员显出了厌烦："快快快，签字签字……"他头也不抬地催促着。我站在最后，像是等着领救济款，金钱能玷污一切，比文学更容易被玷污的是那该死的尊严。

揣着奖金，轻飘飘的，大门口围着一堆人，几个戴白手套的士兵端端正正立于两侧，他们并非站岗门卫。我从小门出去，就站在大街上了。大门正中央被一个横卧着的女人阻断了。隆冬时节，零下气温，那个女人冰冰地卧在地上，不动，身边有一个饮料瓶已经倒了，水弯弯地流了一地，流在她的裤子上。她卧着不动，后面停了一长溜急着进去公干的轿车，并不按喇叭。

僵持了一阵，一个四十来岁的男子从信访小门出来，向戴白手套的士兵们挥挥手，士兵齐齐地上前将那个女人架起来了。女人还是不动，身体僵直着，两脚死死拖在地上，像扎进地里似的，鞋尖尖剐着地面拉出了两条平行的黑线。女人其实很轻，两个士兵一架，像拎了一片干枯的树叶，轻飘飘地拖到了旁边，大门疏通了，小车嘀嘀叭叭欢快地鱼贯而入，顺利地展开了一天的要务。

过了马路，我已离家不远了，家里很暖和，可以做随心所欲的事，也可以不做。我很想回家。

不知怎的，我想起在法律报社的小兵。一次，一个聚会他来晚了，罚酒三杯；他痛快地喝下三杯，说："今天可不怪我，报社来了个上访的，要求登他的冤屈，如果不登，他就跳楼。"

"怎样呢？"

"跳了！"王小兵又喝下一杯。

"真的跳了？"

"真的跳了。"

"十九楼呢。"王小兵再喝一杯，"这兄弟太急，我们说研究研究，他就一步跨上窗子。"

那场酒小兵喝得很猛，谁也没灌就醉了。

后来，王小兵坚决离开了报社，一片树叶从十九楼飘下去，就飘下去了。

小兵现在是台湾移民办事处的公证员，我们叫他王公正。

阿　炳

月逢中秋，路人行色匆匆。空气里弥漫着熟透的果实和植物的气味。一年中屈指可数团聚的日子总显得那么异样。

下了1路车，急急往回走，空着胳膊，没提月饼，也没拎水果，一抬头看见圆满浑黄的月亮，低低映着草坪，亦暖亦凉。

我没有兴致吃月饼，也不愿意看到润泽的水果，更不想举杯邀明月，父亲还在病床上，要独自熬过漫长酸楚的中秋之夜。

霓虹灯提前开启，夜色已近阑珊，大地上的亲人在这一天要阖家团聚。多好的节日！

这时候，我听到一支抖抖的《二泉映月》从车站那边飘了过来，是琴弓的松脂没有涂匀的那种颤音。儿时我学拉小提琴时也常发出这种刺人酸筋的兹拉声。

拉琴人停下来，吱吱勾勾的调弦，弦调好了，又开始拉，《二泉映月》，还是这曲儿。他边拉边随琴弓的移动左右摇摆，双目不停翻动，露出大片的眼白。

他头顶上的月亮更低了，他看不见，一直向上翻着眼睛。他伸着细长的脖子，使劲把身体拉直，但他的身体还是颀长了，坐在小凳上窝屈得很，两条腿蹉回来，撇成了个大“八”字。他是一个大高个。大高个穿了一套中山装，灰白色，洗得褪了色的灰白颜色，表情平淡如常，不存悲喜，只露出些许的执拗。

他是有气质的，我没见过这样的乞丐。去年冬天在后海滑冰时，我曾见过一位拉小提琴的音乐人，我叫他音乐人是觉得他不是乞丐，像中学音乐教师，体面地站着拉琴，姿势很好看，拉得很专业。他在小桥边深情地表现着自己，投入陶醉的模样，让我心生感动。

柔肠百结的《二泉映月》很符合我此刻的心境，熟悉的旋律从我后背的某个骨节升了上来。儿时看电影时是落了泪的，不敢让人发现，一直晾在脸颊上，就那样一直晾干了。

大高个拉得音调不准，接踵而至的跑音归结于那把低廉破旧的二胡，音调一跑，他眉头一皱，慌忙滑下另一个音节，匆忙慌乱中显得更加凄楚悲凉了。

我看到他面前的罐头瓶是空的，真的吗，他的洁净和气质挡住了每一双居高临下施舍的手？那一刻，我只有一个想法，希望他是这个中秋收成最少的乞丐。

做　头

后半夜，被哭嚎声惊醒，是女人的。嚎了一阵，楼上有住户训斥了："呔！嚎撒呢啥！吵着让不让人睡？哪里的鬼把哪里的人害去！"

一会，警车拉着响笛来了，警察嘭的一声甩了车门，用更大的声音吼道："起来起来！咋了，那（他）把你咋了？说！"

"那（他）……摸我的奶子，不给钱……"

"走走走！"警察厌烦得很，"赶紧把钱给给，给给了走人！"

"没……没钱了……"

"啥？没钱还玩呢？不给钱就上车！"

"真的没钱了，那（她）非让我摸呢，拉我的手着呢，讹我着呢……"

"再不要胡编了，都不是好货，走，上！"警察甩着警棍，把两个人塞进警车，拉着警笛开走了。夜倏地死寂下来，不一会我就又睡着了。

有阳光的下午，走过一排光线暧昧的玻璃房，拉门上贴着：“做头足浴按摩招女工。”几个女子坐在沙发上看电视，电视里是嘿嘿哈哈的武打片，她们的头发很黄，干枯烧焦似的，脸抹得极白，却能看出成片的血丝丝（是在大山里度过童年的人落下这种难以更变的倒霉特征——红二团）。她们懒在阳光下无所事事，蔫头耷脑等着夜幕降临，有时支着桌子在路边打麻将，八条肉白的大腿在桌子下面纵横交错。一些收废品的骑着车子路过，把车子靠在墙边，点上支烟，围着麻将桌看。这些人里有她们的亲戚或是哥哥弟弟，他们一排蹲在墙边歇脚，夏天最热的午后是什么也收不到的，索性买了凉面和她们一起吃了。

我经常看见一个年龄不小长相不好身材走样的女人，她在这里至少生活了两年了，好像还有个丈夫，一个头顶光秃，把后面的头发绕一大圈拉到右面的男人。我对留这种发式的男人有一种先天的厌恶，越是厌恶就越是不由地盯着它看。有一次，这个发式走在我前面，我一直盯着他走到了并非要走的另一个街口。那天夜里哭嚎的女人似乎还说了：“我老公不在……要是他回来……”我把那个女人和她所说的老公与这个人对上了号，越看越像越看越像，就真的当成是他们了。

这个看上去有四十七八岁的男人穿戴笔挺，西装革履，显得稳重体面，除了那个怪异的发式，外表并没什么缺点，连抽烟的姿势也四平八稳。那么，是谁每天给他做头，那么多的发腊，让头发紧贴着保持住，必须有不错的手艺和长久的耐心。我想起了那个哭嚎的女人。

老来伴

李局长的老伴死了。李局长容光焕发，逢人大声喧哗、热情洋溢。我真的知道李局长内心深处藏着的话：“她终于死了，终于死了，死了好啊。”

阳光明媚的一天，我晒出被子，傍晚，准确无误地起了大风，我找不到我的被子了。顺着阳台一层一层往下看，看见李局长家阳台上露着我的被子角角。下到三楼，敲他家门，保姆开了门，回头喊：“爷爷，爷爷。”

李局长出来高兴地让我进去，我说来取被子，他说取取取，随便取。他家格局和我家的一样，我很熟悉地走到阳台上，取下被子。扛着被子转身，见屋子角落里坐着一个极白极瘦的老太，目光对视的一瞬，感觉早已被冷冷盯住了。楼里的住户我都熟悉，谁家住几楼，谁家住几门，这个老太却从未见过。

李局长已经找了新老伴了？上楼时脑中浮出了李局长原来老伴的样子，是慈眉安详的，偶尔出门，李局长用轮椅车推着，推了很多年，又推了一些年，终究厌倦了，厌倦的李局长终于爆发了，一开始间隔很久爆发一次，渐渐的，爆发密集起来，隔三差五听到李局长忽然大声骂娘，大声摔东西，震得楼板咣咣直颤。

不久，单元门口摆了一排花圈，直到三楼。

李局长骑着自行车矫健地上下班，他从不坐专车，“矍铄”这个词对他来说显得真是过早了。凭李局长的风度学识，再续一个年轻漂亮的妻子并非难事，而那个墙角里的白瘦老太看上去比他的原配更病弱苍老，使用那种锐利尖刻的目光，上了年纪的老人是需要一定力气的。

一天，我看见白瘦老太独自一人急急走着，姿势僵硬得很，她拎了一篮子鸡蛋，表情冷恶，瘦小的身子一眨眼就在人群里消失了。

她是去看她的儿女或是孙子？他们让她怀揣了多少怨愤？还是一辈子的怨愤积攒下来，败坏了她的模样？她在李局长家里也没有开心，时间已然倒退着走过，越缩越短了，就更加地不开心，李局长却是开心的，准备和她度过幸福的晚年。

哑巴男人

写到这里我也厌倦了，几次停下笔不想再写，过于熟悉的人和事想起来觉得磨钝得很，一个哑巴男人有啥好说的，每天天不亮哗哗扫街的哑巴男人有啥好说的，家里那把陈旧的木勺子，遗忘在橱柜里好多年了，想都懒得想。

哑巴男人忽然死了。

这使我重新拿起笔。

他肯定死了，没别的可能。他没有亲戚，没有配偶，没有子女，我早就想到过，只要有一天他一在这条街上消失，就是死了。

没人扫街了，垃圾遍地，纸张纷飞。有人偷偷将垃圾袋丢在路边，左右望望，并没有哑巴男人嗯嗯啊啊的谴责声，拍拍手扭身走了。

楼群很静，不同寻常的静，有些不适应。哑巴男人是健谈的，他见人嗯嗯啊啊比划着说话，音调很高，楼上楼下都听得到。有时，他说话很急很冲动，说了一大堆，像唱歌又像哭喊。和他对话的人随着他的音调手势嗯嗯啊啊，两个人对着跳舞或是打架，可笑得很。

哑巴男人独自住在自行车棚边的小房子里，自己做饭、洗衣，扫街不扫街都干净得很。下午闲了他就在路边晒太阳闲逛，和菜贩子和钉鞋的聊天，他们都听得懂他的话，互相打趣开玩笑，卖菜的塞给他一小块豆腐，他推搡着不要，卖菜的非给，他就要了，猛猛地伸出个大拇指。

深秋的傍晚，楼下突然传来啊噢啊噢的恐怖叫声，哑巴男人怎么了?

我伸出头去，对面楼下隐约有一滩红色液体，还有一小堆黄色的东西。哑巴男人指着那堆东西蹦着脚地哭喊着，啊噢——啊噢——一边叫一边慌张地四面跑起来，周围来了几个人，一下子惊叫起来：“啊呀！娃娃掉下来了！”我的腿一下软了。有人款款地抱起娃娃跑了起来，地上滴了一溜溜娃娃的血。

哑巴男人瘫在地上，哭开了。一个女人从楼上疯了一样冲下来，追着娃娃号叫着跑出去。

五楼的一扇窗户半启着，上面挂了一只塑料鸭子。

哑巴男人第二天扫街，扫得很慢。有人告诉他，孩子在路上就没气了。他甩了扫帚，蹲在路边，用脏手捂住了脸。

哑巴男人的话越发的少了，每天默默地扫街，默默地老去，默默地佝下迟缓的背影，然后就不见了。

疯婆子

我在早市看见疯婆子的姑娘。

疯婆子的姑娘卖松紧带。

人们都来买菜买水果，大清早谁买松紧带。

我去买菜，买辣椒西红柿，买青笋葱姜蒜，一年四季，我也不会买一尺松紧带，一年四季却要买多少菜呵。

早市上人声鼎沸，疯婆子的姑娘郁郁寡欢，四五十岁的姑娘坐在那儿看天，天上没什么，云彩、雨或雪还走在别处。她看着人们两手空空地经过她，又提着沉甸甸的兜子过来，就到收摊的时间了。早市就是早市，一过十二点全部清场。

她提着松紧带回家，在路口看见疯婆子拄着拐杖，她没搭理她，低头走过去，疯婆子急急跟在后面，一瘸一拐的，金色大花耳环滴里嘟噜晃。

疯婆子总是要抓狂的，冲着空无一人的楼道骂街，义愤填膺的，听不出是何地方言。偶尔有人走过，她赶紧往后让让，像是自己吓着了自己，惊恐地抖着，那人过去了，再倒一口气接着骂。

疯婆子的疯狂与他男人有关，一个高大威猛的警察，让疯婆子幸福妖艳得很，有一天忽然走了，离开疯婆子和姑娘再没有回来过。

疯婆子一周抓狂一次，有一次过了两周了，院里人觉得空得很，问她姑娘，姑娘狠狠挤出两个字："死了！"

第二天，又听见疯婆子骂了，音调更高亢了。她没死，一个人哪那么容易死呢。

疯婆子白白胖胖的，不骂人的时候，穿了花花的衣裳，坐在院子门口高兴地笑，姑娘过来了，说：“走，吃走。”疯婆子不笑了：“哼，就知道吃，没情调。”

补充的话：写完这篇文字，同一天见到了“阿炳”（已经几年没有见过他，他在另一个车站拉《二泉映月》）、“哭嚎的女人的丈夫”、“李局长”、“疯婆子”，我告诉自己这是巧合，但是，心里还是有些奇怪，一枚神秘的暗扣藏在某处，我却始终找不到破译它的密码。

紧箍咒

一

这是一个漂亮女人。

没有缺点的五官，每一根眉毛每一处轮廓每一个转折都恰到好处美妙绝伦，“美妙绝伦”这四个字用在她的脸上丝毫不夸张，我所见过的留下深刻烙印的屈指可数的美妙面孔，一共三个，第一个是儿时医院马路对面卖布的上海阿姨，第二个是被货车拖了100米，生命停止在了20岁的邻居少女梦静，第三个，就是她。

云样的发髻高高盘起，圆润饱满的前额透着亮光，一身朱红套裙剪裁合体，显出凹凸有致的曲线。这个颜色相当挑人，且相当冒险，一不小心就会显俗，艳俗，一旦穿好了，又会非常出众，有鹤立鸡群的华贵与美艳。

我想说，你真好看，但没好意思张口。她似乎看出了我的态度，柔媚的笑容更灿烂了，说："哪天来我家做客吧。"

我从不违背一个人哪怕一丝渐渐升起来的信任。

她的女儿乖巧地坐在地上，自己玩。

"丈夫不在家？"我问。

"走了。"她边笑边到厨房做饭去了。

这个两居室，卧室、客厅、厨房、卫生间，音响、电视、冰箱、洗衣机，井井有条洁净有序。不大的工夫，饭做好了，我和她和女儿围着玻璃下铺着白色镂花的确良桌布的圆桌，她给我夹菜，笑声脆亮："咯咯咯……好吃不？好吃不？"

"嗯，很香。"

"咯咯咯……我最会做拉面了。"

"可我不会做面。"

"咯咯咯，好做得很，你看，两下子就做出来了，咯咯……"

她围着围裙，头发用一块手帕随意地挽在脑后，耳边散落了几缕发丝，飘飘悠悠的，更有风韵了。

她的女儿在她的说笑声里低着头吃完就到另一间屋写字去了。

她利索地收拾了碗筷："你没听说，我丈夫死了？"

"没有。"

"上个月。"

我吭吭哧哧，不知说什么，突然想起她那身大红套裙……

她放了音乐，邓丽君，柔肠百结。卧室里的大床柔软洁白，这个家不像已经少了个人。

“看你惆怅的。”她咯咯笑着，“惆怅什么，我就这命，早算过的，这辈子缓不过来了。”

我是担心勾起她的伤心事，加之我这人本来就不善说笑，觉得没什么值得高兴的事，况且忽然听到她丈夫的离去，显得更加木讷和不知所措了。

“他是突然走的，那天早上，我们一道出门，刚到单位半个小时电话就来了，说你丈夫在急诊室抢救呢。在我往医院赶的路上他就走了，没见上。那么一个动作，就那么一抬手，要了他的命，我一直想，一直想，他不是去送人的，是送自己去的，那列火车拖走了他送的人，他倒在站台上，朋友眼看着他倒在站台上，眼看着他变成一个小点，变成一团烟雾，变得什么也没有了……”

说这番话时她一直微笑着，脸颊上两个酒窝深深的，甜甜的，很显眼。我不敢看她的眼睛，我不知道她的眼里有没有忧伤，我怕没有，所以不敢看。

二

一个身穿警服的男人坐在她家餐桌上。

“警服”吃了两碗拉条子，说再来碗汤，她欢快地飞到厨房端着面汤飞出来。“警服”喝得舒坦的，原汤化原食啊，“警服”掏出警车钥匙，问她：“今晚我是回还是……”

“你跟她咋说的？”

“说值班。”

“那就值班去吧。”

“我已经在值班了。”

警察在她家值了个夜班，第二天早晨欢欣且疲惫地开车走了。

飘逸的米色长裙，束腰，头发披散着，眼白布满血丝，她在一间一间办公室里进进出出送文件，楼道里不断传来欢声笑语。

送完文件了，她凑到我耳边，悄声道：“下班别回家，咱们玩去，警察开车来接。”

“你们去，你们去，我不去。”

“一块去，都说好了。”

“今天他又值班？”

“嗯，又值班，值一个月。哪天让他带我们去他家，看看那个女人啥样……”

“我可不去。你也别去。”

三

阳光炫目的一天，我陪她去见一个人，那个人她也没见过，是肿瘤医院的药剂师，妻子刚死。

他们被安排在放射科诊断室里会面，来苏水气味的白色诊断室，透着冰凉，屋顶很高，医院的屋顶总是很高，一间不大的房子高度大于宽度，像是坐在筒子底，胸闷得很。

一排透视片挂在墙角，大小不等的骨架上有这样那样不应该生长的东西，或脱离了本该所在的位置。我不想多看它们一眼，我一眼就能看出这样的摄影哪个肺部有阴影，哪个胃部有溃疡，从小在医院长大，看腻了，懒得郁闷。

她却新鲜无比，像进了电影院，爬过去一张一张地嗅。

“那些人都快不行了，你嗅什么？”我说。

“这股味真特别。”

“怎么特别了？”

“像一种炒菜的油，香！”

那个男人进来时，她正趴在一张X光片上深情吸气。

“能送我几张吗？我挂家里闻去。”

“送你。”男人搭讪道，“没问题。”

她回头看男人，瘦高，腼腆。“哦，你又不是这个科的，怎么送我？”

“我就让他们给我拍几张胸片。”

“那不行，我就要这些有病的。”

“我就有病。”

“啥病？”

“肺结核。”

走在大街上，我们谁也没说话，纷繁的街道车流如织，我们刚从另一个世界爬出来，世界也陌生了。

走在自行车道上，骑车的吹着哨子，行人互相躲闪，世界就是在这样的互相躲闪中，继续前行。

棕色长皮衣束着她的腰身，高贵而又美艳，我发现一些回头率，她也发现了。一个推旧自行车的男人在我们身后，车子叮叮当当。我们继续走，那个男人又把车子推在我们右面，大约十米，望着我们。

大街上有的是时间的人多得是，谁又会在意一个在人潮汹涌的大街上无所事事的人呢。

继续走，快到车站了，人流更加密集，那个男人已经等在我们面前，还是十米，望着我们。他认识我们？认识她？我纳闷。

那个男人右手在腰下拨弄着什么，我们没有看他，好像来了我们要坐的车。那个男人赶紧推上车，换到正对我们的显眼位置，右手的动作也明显了，他已经全部进入我们的视线——他的右手，他的右手握着一样自己的东西，芭蕉那么大，冲我们抖动着。

看见了，看见了他的动作，还看见了他的表情，祈求和得意，可怜和肆虐。我知道，这是一个被套上了怪圈的男人，难以挣脱。

我一直相信，人群里有一部分人是有紧箍咒的，会被无声的咒语紧紧拿住，这个面容粗糙的男人就有，他的紧箍咒会不分场合地点瞬间发作，让他突然变成另一个自己也不认识的人，他会为那个人心驰神往，难以自拔。

此刻，人潮汹涌，这个可怜的男人被他的谶语操纵着，虔诚痴迷地尾随其后，围绕我们——两个女人，握住他深紫青色的胀得肿大的芭蕉，让我们惊恐、害臊，逃逸似的离开。他的目的达到了，咒语灵验，他即刻涌出了深厚的感激和切齿的憎恨。

四

老式楼房的一楼，拾掇得极其干净，白色床单、白色沙发巾、白色窗帘，像病房，凛冽而缺少温暖，让人不敢轻易坐下。她带我去了警察家。警察说："老婆做饭，拉条子，吃了再走。"

她说："好好，吃吃你老婆的拉条子，看谁的香！"

我拽了她一下，她甩开了我。

一个五十岁左右的瘦弱女人谦卑地端上茶水，钻到厨房就不出来了。警察陪着我们嗑瓜子，闲谝。

她的眼里放着光，胜利者的光。她的年轻、风姿、美貌像一颗大沙粒迷住了警察的眼睛，在警察眼里，老婆只是个老妈子，只有伺候他的分，这么想着，我越发坐不住了，说："要不要去厨房帮忙？"

警察啪地扔了一把瓜子："瞧不起我？"

她拉我坐下："傻子，真不了解男人，不给男人面子咋行呢。"

我们吃拉条子，警察的老婆没上桌，她在厨房一碗一碗地拉，我们一碗一碗地吃，吃饱了，她出来收拾桌上的残羹剩饭。警察懒洋洋地说："走了，值班去了。"老婆没抬眼，也没出声，继续擦饭桌。

五

夜里，有人按门铃，她以为是警察，开开了，却不是，一个魁梧的高个子男人跨步进来，瓮声瓮气地说："今晚，不回了。"

女儿已经熟睡，她把灯调到最暗。

后半夜，有人敲门，警察？她捂住他的嘴，不发出一点声响。警察觉得蹊跷，不走，还敲，在门外嘀咕："不开，不开我报警了！"

她噗嗤笑出声来："报警，报啊！报啊！"

"不行。"高个男人说，"我得回去。"边说边穿衣。

他就住楼下，中间隔了五层，他从来不坐电梯，他走楼梯。

"你想跳楼回家？"她问他，"那你跳吧。"

高个男人忽的汗就下来了，敲门声如同一颗颗惊雷，炸得他魂不守舍坐卧不宁。她却在笑："要不，开开门看看是谁？"

"想毁我？"高个男人咬着牙站起来。

警察终于走了，他知道屋里有人，不止一个，要不几十年警察白当了。他发动汽车，离合和油门半联动，左脚右脚使着相反的劲，车子停在原地，不动，警察把自己卡在了静止状态。

她和高个男人在窗帘后面看着警车，一直响，一直没走，一夜。高个男人不知离开还是不离开，这一夜，高个男人都在冒汗，原地打转，问她怎么办怎么办？

凌晨将至，高个男人鼓起勇气开开门，提着鞋子溜到了五楼。他进了自己家，他家没人，妻子出差。他到窗户边看见那辆警车，发动机隆隆的响声让脚下地板在颤动。

六

我有些担心，担心什么呢，她那么游刃有余，那么快乐，甚至她的快乐也蔓延给了我，我偶尔不那么较真矫情了，也开始咯咯地笑了。我的担心多不多余，我开始担心我的担心了，像我这样轻易快乐不起来的人总是活受罪。

可是，她究竟把她的伤心藏在哪里了？我还是费解。她应该伤心，才死了丈夫一个月的年轻寡妇，拖着年幼的孩子，怎么能不伤心？但是，说到丈夫时她没流一滴泪，像在说着一个世间的必然。她不伤心。

我不相信我的猜测，固执地认为她把伤心藏起来了，而且藏得非常隐秘，连自己都找不到，找不到就当作丢了，丢了也好，一个折磨人的令人时刻希望丢弃的糟糕东西，丢了也好。

不然，一个混沌弥蒙的人生怎么拉开漫长无边的帷幕？

警察出差回来，给她带了一身套裙，金色的，挂满了流苏，一串一串的。卧室的角落，大红套裙泛着暗光，发髻盘成云样，一只鞋子落在地中央，她把自己挂在了半空，已经没有呼吸。女儿静静蹲在一边，摆积木。

警察把她抱下来，放在床上，她像是睡着了，嘴角酒窝依稀。坐在她身边，警察该有些痛楚的，警察还是很平静，他已过了表现大喜大悲的年纪，他为她换上金色流苏套裙，全都闪着亮光，为她穿好鞋子，她要走另一个世界的路。

阳光明媚的清晨，警察睁开眼，金色流苏套裙挂在衣架上，塑料衣罩还没有拆封。

警察被自己的噩梦凝住了。无处不在的咒语让他感到如影随形的难以自拔的魔力。这个女人一直在他的梦里还是在他的生活里？他伸手抓住的全是空气，空空如也，却干干净净。她的妻子进来了，给他端来了茶水，他握住妻子的手，望着她的眼睛，她的眼睛一直盯着别处，苍白的脸上没有表情，像一团空气。

西天的边上

——新疆笔记

待燃的木头

一股新鲜诱人的木头香味，夹杂着不远处双筒烟道里袅袅升起的炊烟，是新奇令人心跳的缭绕——安详知足的与世隔绝的大美，被这段残缺的木头衬托得几乎让人透不过气来。

长久以来，我是多么钟爱残缺的美。我眼睁睁看着女主人走向它，砍下它的一部分，安逸地抱在怀里，钻进了木屋——它是他们命运的一部分，甚至在他们的心跳处，永久地呼吸着。

这一切，与缓步跑过的棕马、目光辽远的奶牛、欢跃嬉戏的乳羊形成了一幅庞大的岩画。

车马店

这沙漠深处唯一的驿站，茯茶香酽的咸味飘过来了，先拴住马，再喊一声屋里的主人，就到家了。

平顶木屋的木条间总有些透光的缝隙，能从里面清晰地看到马匹在低头吃料。它们嚼得很慢，不知道是不饿呢还是饿过了。

事实上，这家车马店就一间房。主人从唯一的房门进来出去，又出去进来，很耐心的样子，动作不紧不慢，好像多大的事都与他相隔甚远。一个超然处事的维吾尔男人，始终像在做一件大事。

他的女人没露面——她在阴暗的灶台前背对来客一边和面一边搅动着锅里的羊肉……

星星悄悄在天空牧场绽放着野花，一颗钻过房顶木缝来窥探什么，另一颗也侧了侧身子挤进来了，它们带着忧郁的光束，像要躲起来倾诉什么。

夜更深了。远远望去，这小小驿站或许是大地上的另一颗星星，亮着。

土陶作坊

英吉沙芒辛乡托木拜西村是个冗长的名字，像它的土陶历史那么悠长。新石器时期，人们以河泥为原料，加入芦苇花絮，再加水反复揉和，手工制成各种陶坯，晒干，上釉后烧制。

这个四周黑暗，只有顶部露着一米见方亮孔的小作坊里，父亲带着一对不满十岁的儿子在忙碌地制作“古容器”。粗砺、不匀称，甚至有些变形是他们所制陶罐的全部风格。四壁已制成的器皿码到了房顶，唯一的那束光洒在那面墙上，就像另一个时差。

这间英吉沙最后的土陶作坊在西天的边上，静静的，像是在暗中拉住祖先的手，不忍松开。

我看见他们——一个父亲两个儿子——脸上露出疲惫的笑容，中间夹杂了一丝幸福。

转　场

九月了。

夏窝周边茂盛的草地渐渐微黄稀疏了。牛儿们还在耐心地低头辨认每一棵命根，显得那么知足而又不急不躁。

因为，它们已在渐次扬起的尘埃中嗅到了远方的气息——那是他们的冬窝。

男人骑着骏马，女人、孩子和毡房在驼峰之间左右摇晃。在千古不变的迁徙和“逐水草而居”的岁月里，他们似乎永远在找寻生存的目的。

巨大的尘埃扬起来了，数千只牛羊朝着一个方向缓缓地挪动，乍看过去一切都是静止的，像紧紧贴在地面上的图案，就好似看不见的四季微妙的变化，其实，时间已从你身边悄悄溜走了。寒冷和霜雪在等待着，还有惆怅、茫然，或者死亡。如果一切都在预料当中，有时又会那么猝不及防。

遥远的霜雪深处，我想，必定蕴藏着炉火吧，那些温存，奶茶，热瓦扑，一个眼神，一段沉默，一些梦里道出的祈望……

如果你不知道幸福究竟在哪里，那么，这就是幸福。

羊

它的眼睛是两盏柔弱的灯，飘忽不定迷离无知，对于血腥和屠杀如此温顺安详。它不怕牺牲，那只是它在人间短暂的迷途，或一次轻盈的梦游。它靠近人类，又不属于人类，只属于永恒的自身，属于上帝那盏亮着的灯。

这人类历程的旁观者，生生不息沉默不语的见证者。

它们偶尔抬起头看看远天的白云——如果那才是它们真正的皮肤——超然、温驯，忧伤或者不忧伤，大概这才是一个灵魂的最高境界。

黄泥小屋

凹凸不平的表面像是一个人坎坷的一生。连着土地的根基又是多么脆弱。黄泥小屋，这个温暖而微弱的存在，让披着艳色头巾的吐尼莎那双对一切充满质疑、惊奇、空惘又满含感激的神情，有所依偎，有所着落。

她的指甲缝里分明还有新鲜的泥土呢，却满意地捧着一个空瓷碗，遮住半张脸。

这是一个瞬间，一个没有内容的瞬间。空着的往往是事物的主要部分；凭借触觉、嗅觉、听觉……直觉，直抵内部——

让辨认显得如此至关重要。

低下头，才能进入岁月，漫长的日子总让人伸不直腰身。习惯了一种动作，再想改变就难了，实际上，或许也不想再改变了。

如果血脉仍在它的缝隙里流，也会是咸的啊，如同轻舔盐的咸味，那是身体的力量，传承的暗示吗？

黄泥小屋啊。

主麻日

月亮在北疆升上来是极慢的。那弯细月眯缝着眼，在辨认大野中朝着圣地祈祷的男人。

他们白帽、白袍，齐整地立着，静了很久，才跪下。一个长者在前面带领着诵经，好似正在道出心中所有的郁闷，声音低沉而浑厚，穿透夜色，传到很远。

那弯细月此时像个精巧的信封，准备着将他们的祈愿送到远方……

此刻，南疆喀什艾提尕尔大清真寺已云集了七八千人，阿訇早已登上邦可楼，远道而来的朝拜者风尘仆仆，生怕误了这场欢聚。

艾提尕尔——欢聚的场所。

如果，一种合力可多换回些幸福，如果，虔诚的祷告能让活着的罪孽减轻，如果，内心的宁静能使每一个灵魂再经受一次洗礼——月呵，什么都明白，却什么都不说。

布尔津

这是一座小巧精致，街道洁净平整，植被葱茏茂密的欧式小城。

凌晨一点，在街道边品尝美味狗鱼、五道黑鱼是什么滋味。一条通往流向北冰洋的最后一滴泪——喀纳斯湖的必经之路，布尔津，被更加浩大的美遮蔽着，像是大自然遗落在人间的另一颗珍珠，容易被忽略的美丽女人。

凌晨两点，在辨不清方向的道路上肆意行走，额尔齐斯河深沉舒缓地从脚边流过，鹅卵石遍及河床，大自然永远在耐心地等待着，同样，让等待和经过变成被河水冲击的鹅卵石，沉甸甸地，坠低了偶尔路过的她的一生。

东门巴扎

想以一缕银月换取一块盐巴，想以一截温存换取一块砖茶，想以远道驮来的皮子换取英吉沙的刀子，想以心底里最后一丝爱，为我的姑娘换一条乌孜别克头巾或一个俄罗斯套娃。

在默默守着一篮无花果的农人面前驻足良久，怀揣的银两已不允许再多品尝一点甜蜜了。那么，昂贵的巴达木更让人不敢问津，噢，灿烂的日光下，想要得到的总是太多。

喝一口现榨的石榴汁，早已飘飘欲仙，那边巴扎上两只雄鸡已经争斗得羽毛蓬乱，血流满面，但仍难见胜负。

谁在天边捧过来一只银碗，谁在天边等待月亮落下，谁的心上人还在远方等待，用什么换回了沉甸甸的爱？

交河故城

依旧是干燥的热风，依旧是炫目的光线，依旧是三千年前口音未变的鸟鸣；还是那条通向寺院的路，还是那条抵达墓地的巷——那里的心跳停止了太久也跳动了太久，他们的脉搏伸向遥远，像风筝的另一头，拉住一个飘飞的灵魂，活在人世间。

官署里高声宣判的一宗疑案，民宅里的鸡飞狗鸣以及暮鼓晨钟，街道上小贩的高声吆喝，甚至哒哒哒走过的马蹄声，一个响鼻，一股热气直逼我的面颊。

独坐交河，夕阳西沉，四野寂静。身后的土墙坚固又疏松。凝望远空，三千年后，此处，谁来独坐？

香妃墓

一个身体散发着浓郁沙枣花香的喀什噶尔姑娘，蝴蝶围绕着她，花儿跟随着她，恩宠和赞叹善待着她。貌美，善歌舞，却整日郁郁寡欢，遥望故乡长吁短叹。

这个皇帝的妃子，来自西天边上的异族女儿，有多么荣华就有多么孤寂，身体的香味与心底的怅惘全部累积起来，只有一个意愿——将我的身体带回去。

那辆运载她遗体的车辇疲惫而又斑驳地靠在阿帕克霍加麻扎一角喘息时，迢迢三年的路呵，让一个停止跳动的心，找到了真正的家。

——叶子落下来了。

雪岭云杉

谁能甘心在一个地方待一辈子呢？除了树。

一些人老了，走不动了，哪儿也去不了，就变成了树。

他们默默等候风雪的袭来，默默披挂白霜，站着，像相互交谈的故人。这些云杉站在这里纯属偶然吧，像大风掀起谁的头发，尔后散落一地种子——许是大自然的一声叹息或一声咳嗽，多么轻又多么令人震惊。

——漫长的岁月更如同一个瞬间。

——太阳渐渐踱过来了，显出高原透蓝的纯净。一些影子在树的脚下像树伸出的懒腰，越展越长了，有一些也相互碰撞上，握手或扭打成一团，摔倒在地，抱怨以及愤怒。这一切恰似人的另一面。

最终，这些影子仍忠诚地为树加着形容的注脚，像一个阴阳调和的男人或悠然乘凉的老人，找到了自己的欢乐。

恰萨古巷

这纵横分布的脉管，像一座迷宫，在这里迷路是常见的事，像是在生活里迷路。

血液是要世代流淌的呀，沿着六角格砖随意地走，去寻访心跳或脉搏，逆流而上，几个深眼窝黑皮肤的孩子跑过去了，几个小些的孩子光屁股坐在门槛上吮着冰棍。毛细血管的拐角处，光线骤然转暗，披着坠地面纱的维吾尔族少女悠然飘过，一双大眼扑朔迷离，看不清她的面容，更捉不到面容里藏着的表情。

总是很难见到男人。他们在时间之外？在岁月之外？让女人和孩子成为血液的印记。

两个身披旧蓝花袍的祖母坐在院内满足地望着院外，对经过的异地女子视而不见。倒退几步，与她们对视良久，终于，她们递来了慈善的微笑，可仍然不言不语。一直以为，有老人和老房子的地方才不致令人不知所措。也许，这正是我要找寻的心跳所在。

喜利妈妈

男人外出狩猎了，女人也出门采集了，只有年老体衰的奶奶守着他们的家默默祷告和许愿。她要悉心记录下长河般日子里发生的大事小情。一个男孩出生了，她就挂一个小弓箭在红丝绳上；一个女孩出生了，她就挂一条彩色布带。那些小靴子、小木锨、铜钱和羊髀骨都是这个家族形象的家谱。这条长长的从西北墙角挂到东南墙角的女神，有一个吉祥亲善的名字：“喜利妈妈”。

——膜拜开始了，祈求风调雨顺吧，还有五谷丰登、人口兴旺、家族平安……

这些远古时代文字诞生之前的文字，流传到今天，面对它们，谁是文盲谁是智者呢？轻轻抚过半空中漂浮的记号，它们是多么薄脆，而又多么坚硬，像一个部落顽强的命运，走过过去，走进现在，走向将来……

《福乐智慧》

想轻轻翻开它，触摸智慧和精深，想仔细辨认曲折的回鹘文，感知大雁、野鸭、天鹅和克勒鸟布满的天空。灵性的鸟儿，衔着“幸福的智慧”飞抵人间。如果，你心醒着，就轻轻走过，不要出声，让思索和回味浸润你的灵魂，脚步增添了分量，再走。

一把盐

“吃吧，牛儿，别忘了回家的路。”吐尼莎一边慢慢往牛槽里撒着盐，一边自言自语。

太阳刚刚升起，她家的牛儿就尝完了略带咸味的草料，优哉游哉地踱向草场了。它们不用人跟着，也不用嘱咐天黑前回家，无论走多远的路，也能记住家的滋味——盐的滋味。

牛儿天天如此，来了走了。

人也天天如此，生了死了。

大自然秘密馈赠的良方，传承不绝，“一把盐”，这个小小的秘密，像种子一样，慢慢泡胀、发芽，牧人用微小的细节养活自己，养活后人，也养活着他们的牛。

生殖狂欢

呼图壁天山深处。

三千年前草原先民一凿一斧为后人留下的巨大文物，已风蚀得斑驳难辨了。触手抚摸浅雕阴刻的线条——男人强壮的体格、夸张的性器，女人丰乳肥臀，婀娜多姿。先人在此狂欢、群舞、交媾，视繁衍为至尊，是何等庞大壮观的场景啊。

文明的步履坎坷又美妙，生殖观念的淡化令多少双回头观望的眼睛低头默默审视自己，不同的快乐和忧伤，是历史更变的魔力，继续前行，一代又一代，向何处探寻本真，回到自己？

呼图壁，一个隐秘梦幻般的名字，藏好了自己，就藏好了三千年前狂欢的影子。

时间·地点·人物

地 坛

地坛无人。

这个曾被废弃的园子，像一枚桃核，包裹在闹市当中。侧柏和桧柏在坚硬的外壳里，生长了三百年，像一个个久经风霜的老人，大骨节、长髯、威严、静默……

在这里，能听到有力的风声——大自然本身的声音，在都市已是难以辨别了，还有布谷、喜鹊，甚至一些不知名的鸟儿的啾啼，也与风声一同而至。

鸟儿远离人群安了家，其实它们离人群并不远，只隔了一堵墙，便隔开了各自的心灵。

如果，围墙可以让三百年前的事物静止不动，这只神奇的手，此刻，也将一个人包裹在了它的掌心，只用一下午的时间，就将她化成了它身体里的一颗忧郁的痣。

智　灯

是法源寺的一个和尚。

我没见到他，我是从法源寺的一块小黑板上看到这个名字的。有人给他寄来了包裹，黑板上还写着静贤、源律、慈真。

他们在廊檐下下着一盘围棋，静静的，不动——下一步遇到了问题，像世间所有的人，下一步遇到了问题。

他们身上干净的布衣、布袜，灰色的，宁静不张扬，他们当中有人戴着银丝眼镜，在树影下沉思默想。智灯执起黑子，又放下。

继续走，很难。最终，听到了棋子落盘的声音，像一枚树叶从枝上滑下，疲惫而苍凉。源律和慈真吁出一口气，轻轻挪动了一下步子，不敢踩响脚下的叶子，不敢踩疼生命里未知的每一步，它们藏在难以预知的神秘角落，像那些草叶上的泥斑，不敢小视它们，它们也有一双通灵的眼睛和一颗脆弱的心呢。

古　刹

正午。宁静。

上百株丁香微紫、浅白。

时光回放，那些前来这里应试的女真人，那些封存已久的佛经善本——西夏文、回鹘文、蒙古文、藏文，被缓缓诵出。那些暮鼓晨钟、战乱与修葺、侵蚀与存留，在这个斑驳的老人身上，留下了道道疤痕。

一个老住持病了，被人搀扶着，来到后院。几个居士远远迎上去，双手合十，阿弥陀佛。住持蹒跚着走开了，像个孩子，回到了从前。

几个年轻和尚坐在树影里，一个面容清秀的和尚，弯腰拾起一片落英。寺里静极，时间静止，好像还停留在唐贞观年间。六百年前的阳光和微风，六百年前的空气和雨水，让这个坐落在京城西南角的法源寺——一个生长最慢的孩子，保持着纯粹净白的气质。

潘家园的木勺

深棕色。

一尺长。

弯曲。

朽裂。

在留声机、老家具、落地钟和电风扇的角落里，歇着。

早已直不起腰了，甚至停止了呼吸，可她还活着，还在默默地以遍体密布的裂纹，隐忍地活在世间。

她已经不会叹息、流泪，发不出一丝声响，对苦难草木般顺从。

这个小脚女人，曾经的女红和羞涩，痴迷和幻想，变成了一柄弯曲的勺子，渐渐退色、褐黄，那些裂纹，那些漫长的生命里留下来的受难的艰辛，是她命运的疤痕。

她还在等什么？在期待什么？这个令她绝望的人世，还有什么值得她牵挂？

最后一丝呼吸，赡养微弱的灵魂。她还不能死。

国子监

第一场秋雨悄然而至。

巨大的泡桐到了成熟饱满的阶段，也意味着行将凋零。它们经历的时代从淅淅沥沥的迷雾中渐渐显影，也渐渐远去了，像海市蜃楼，清晰而又缥缈。

进京赶考的学子，聆听帝皇授学的状元、探花，激动人心的时刻，几家欢乐几家愁的瞬间，在这里，变得空寂而又冷冰。

绕过皇帝孤寂冰冷的龙椅，没有一丝光线照射进来，实际上，这一天原本就没有光线。

迷雾懒散地笼着瓦顶，一棵树下落满了红艳艳小枣般大小的果子——一些熟透了的小生命，抓不住自己的身体，睁着眼睛，歇在地上，呼吸。

辟雍桥上坠着许愿结，一串一串的红，不知那些吉利的颜色能否带来祈祷的夙愿。

雨更大了，胡同里更迷蒙无形了。回头看，巷子还很深呢，却不知它终究会通向哪里。

爨底下

深秋的郊外云淡天高，一路都有桦树叶子哗哗落下，像天空撒下的金币。

车子盘山行驶，持续的金色化成大块的困倦，将睡将醒，人也像一片即将脱落的叶子，左摇右摆。

——京西斋堂镇西5公里的爨底下村，是睡梦的尽头。

这个500多年前在峡谷北侧的缓坡上依山而建的饱受风雨的村落，存留了完好的明清时期纯木四合院，像村里的老人，走不动了，躺下，变成了房子。

房子空了，时间没有停。时间能撕裂什么，也能存留什么。爨底下——时间之手存留下来的一张堆满皱褶的脸。

抚摸褶痕，冰凉、倦怠，每一截柱子都能听到微弱的叹息。走过紫石、青石、乳白石、石灰石、鹅卵石铺就的巷子，像从远方而来重归故里的子嗣，却辨认不出自己的家。祖宗用过的土炕仍存有微热，磨得油黑铮亮的雕花木椅固执地陪伴着它的木桌——天下最恩爱的老夫妻，在岁月暗处牵着手……堆满刨木花和牲口套的院角落紧挨着磨房，磨石凹槽里的麦麸清晰可辨，近旁堆着几个装满粮食的麻袋，那些温暖令人知足的袋子，让季节的冬天和生命的冬天持续着长久的温暖。

辟才胡同

秋分了，月亮被时间的刀子一劈两半。

齐白石先生紧锁着木门，他在屋内歇息，还是又出外奔波了，偌大的京城究竟哪里是他的家？

院内几棵参天柳树犹如先生飘逸的胡须，已然有些褪色了，一些枝条干枯了，已再生不出绿枝，却安静无力地陪伴着先生，慢慢的，走过沧桑。

墙外阳光下，一个乞丐肆意地躺着睡着了，是这座城市必然之后的偶然。另一个白衣模特在路边做着各种优美姿态，三个黑衣青年跟随着她，不停地按动快门，咔嚓、咔嚓……

坐在街边，我想等谁？须臾，先生俊朗略显疲惫的身影远远走来，一点点接近他已陌生斑驳的家。

我们都累了。

内务部街

一段忧郁哀怨的京胡过门儿，是拐进这条胡同的唯一理由。

信马由缰，便见得本司胡同、演乐胡同，又走，是一条宽大排场的内务部街。

六七岁时，父亲常常带我去听京戏，父亲是票友，又恰为京剧团团长做了手术，团长就总差人来送票。父亲一高兴会带我去后台。我好奇，想穿戏服，可个小又瘦，撑不起来，躲在一角嘿嘿地笑。拉胡琴的师傅眯着眼瞅了我半天，一拍巴掌，嗬！这闺女，眉角高挑，是张好旦角的面相啊！

三十年后，听到纯粹地道的胡琴儿，想着躺在病床上的父亲，在听什么。越走，幽怨回旋越让人感伤。

随意进了一处精致的如意门楼，窄的甬道潮湿拥挤，虽然还能见得完整影壁，但院内已建满了低矮零乱的小屋。一段楼梯歪斜疏松，疲惫地靠在一旁，一只孤寂的鹦鹉不停地问，吃了吗，吃了吗？除此，世间一片死寂。

胡同东口，有个完好的郡主府，门楼高大气派，石狮、上马石皆存。据说这是明瑞宅第，而大门外墙上却只有冰冷的三个字：四合院。

慢慢的，踱过梁实秋居住过的西跨院，那根深叶茂的古树和日渐颓败的故宅，曾经的论争早已远去，听不清时间走过的摩擦声，只看见时间疲惫地停在从前——四合院——表盘上断了发条的分针，停在那一刻。

东　堂

350年后，一个阳光明媚的秋日，鸽子宁静地从游人手里啄着谷粒，葱茏的树影下一对新人幸福地摆出各式各样的甜蜜姿态，以这座瑰丽气派的教堂为背景，拍摄婚纱照。

王府井北口，兀自出现的这座欧式建筑，坐在石凳上的人，慢慢享受着阳光的抚慰。

顺治十二年，即1655年，不算遥远也不算很近，对于中国历史只可谓弹指一挥间。那个叫郎世宁的洋人在顺治面前提起了画笔，皇宫一片骚动，如惊弓之鸟四处乱飞，最后，他们还是安静地坐回到自己的座位，包括顺治本人。

皇帝批建了这座教堂，郎世宁画笔下的圣像更加生动传神，那一刻他哪知道，三百多年后，过往的百姓只把这里当作了一个符号，一个巨大的感叹号！它是时间留下的记号，时间还留下了更多的逗号、问号、省略号……

秦岭一带

苹果成熟了，农人舍不得采摘，给她们套上塑料套，像给即将出嫁的女儿盖上红盖头。

透过塑料套，女儿的脸庞泛着红晕，羞涩、饱满，她们低着头，盯着地面，只有几个青涩的果子抬着头，四处张望着。

偶尔的坟茔，是他们的祖先，在地里生根，像另一棵苹果树，需要浇水、施肥、除草。守护果园的后人，像对待一棵树，悉心呵护着这些厚重的根——

根在，树在，树在，人在。

秦岭一带，看见树，看见树了，就看见了人；蓦然想起两千年前的此地，依然是这些树、这些人、这些根。

——时间的刀子像一道光，一闪而过。

雨夜长安

不，它不叫长安，叫西安，但我还是愿意叫它长安，这是它的本名，也是它的气质。

一个人的胎记，是不能轻易抹去的。

那些雨里奔驰的汽车——春秋战国驰骋疆场的战马，马灯闪闪烁烁，厮杀和牺牲，重建和复兴，才更像它本身

夜里抵达长安，这座城池多像两千多年前的样子！庞大笨拙地一半埋在地下，一半露在地面，神秘、雍容、倦怠、辉煌，尽显秦代大都的气度。

此刻的一切，已经被另一个朝代的雨水打湿了，滴滴答答，正流着泪。

遵　化

看见华北平原参天笔直的白杨和广袤无垠的高粱，已是热泪盈眶。

土地和生命是难以改变的，色泽和气息也是，一个人，自六岁无知变成了另一个人，如弹指一挥。三十年前，这个孩子的祖父、祖母都还健在，炊烟和炉膛都还温暖，油灯明明灭灭，他们坐在炕上掰苞米，用两根苞米相互搓着，硬硬的苞米粒就哗啦啦地落了下来。他们要将这些苞米磨成面、研成粒，喂养他们整个的冬天。

炕上暖暖的，祖母唠叨着什么，祖父有一搭没一搭地应着，他们又挑了一次灯芯，磕一磕烟袋，给孙儿们铺开热被窝。昏暗的夜里弥漫着灯油和烟渣的呛味和炕灶里麦秸焦煳的香味，远处飘来几声犬吠，孙儿们就睡着了……

醒来，是三十年后。

祖父和祖母已经睡在了两个小土包里，被杂草和树丛遮盖着，像即将发出的树根，永远都发不出来了。那个曾经六岁的孩子，是他们的树芽，被风吹到了远处。现在，她回到了这里，捧着疏松的潮土，闻到了灯油和炕油的气味，闻到了先人草木般贴着地面微弱私语的气味，闻到了一根脉络脆弱而又坚韧的气味，闻到了……闻到了一颗苞米粒硌在心里，是一辈子的疼的滋味。

毕克齐

一个小站，呼和浩特沙漠中的一粒沙子。

火车从站牌前一闪而过，大风就把这粒沙子吹得无影无踪了。那只站在铁道旁寻找食物的瘦羊，抬起温顺的眼睛，望着呼啸而过的庞然大物，然后，一声不响地又低头觅食了。

地上没有什么，或许只有几颗遗落的谷粒。一头沉默的牛，纹丝不动，等着什么。它总要这么等着。等待，是生命的重要部分。那头牛，像一个远房亲戚，苦苦等待的滋味，耗尽了他的一生。

我在车里，发呆，和他们的情形大抵相似，等着到达下一站，等着到达终点，等着等不来的一切未知……

大自然默默给予的一切，所有的生命草木般顺从。毕克齐——一个没必要记住的名字，一个有理由迅速忘记的名字，当我把这粒沙子轻易地遗落在人间，我——另一粒沙子，也同时被它迅速遗落在了人间。

西夏灵光

夜已经深了。西夏古国笼罩在巨大的黑色穹庐里。

一只小小的虫子，身上一节一节闪着亮光，轰隆轰隆钻进了黑色旷野。

在这只虫子的身体里，坐着，看那无边无际的空洞，当然是孤独的。还会有一些恐惧，和一些眩晕。没有坐标感，没有方向感，没有距离感，没有空间感，什么都没有，只有虫子爬动的响声，令人亢奋的绝望。

远远的，闪出了几点灵光，微弱、跳动，转瞬即逝，坐着的人正了正身子，呼出一口气，不那么恐惧和绝望了。

那些灵光，闪、闪，恐惧的人渐渐回到人间。活着的人不怕死去的灵魂，而是担心死去的灵魂找不到魂魄的去处，那该怎么办呢？这真是让人担心的一件事！

那些灵光追赶着亮光，一起跑。一个人和一些灵在同一个夜里，一起跑。他们不辞劳苦做着同一件事，因为，我想，他们拥有同样的未来。

渭　源

我们找到了水源，找到了粮食和蔬菜，找到了木柴和火种。

我们开始钻木取火，吹亮火种，点燃柴草。我们围着篝火，击掌、欢叫，一圈又一圈。我们手握利器——那是刚刚磨制的，为获取猎物和保持生物链。我们裸露上半身，只在腰部围几片叶子。我们不写字，用绳子打结。我们没有钱，那玩艺儿用着太累。我们不受高等教育，不考政治、不背英语、不写诗、不听音乐，不示威、不静坐、不刻盗版光碟、不出售假药、不吸毒、不吃摇头丸、不给粮食掺沙子，也没人沿街乞讨，更没人挥金如土，没有，都没有。我们还没有发展，没有进步，没有文明特征。我们还太原始，我们懂得的很少，境界修养都很低，我们只在清澈的渭水源头美满地生活。我们用三块石头架起灶火，烧烤食物。天边三颗星星缓缓升起的时候，开始幸福地做爱。

西　塘

夜里抵达西塘是没有预料到的。

一下子看不到它的样子，是来了，还是没来？恍恍惚惚，无所适从，真是怪极了。

人们在四处寻找，西塘，在哪儿？我咋看不见它呢？其实，人们都很安静，没人发出这样的疑问，只是我听到他们心里的声音，就像我也同样没有发出疑问，而是在心里嘀咕。

人们悻悻地四散开去，一下就湮灭在潮冷的夜中。

我的睡眠也很怪异。像是走近了一件倾慕已久的玉石，却蒙住双眼，看不见，也不能伸手触摸，在它面前站一整夜，才打开蒙眼布，显现庐山真面目，我的睡眠怎能不怪诞？

用一双睡眠不良的眼睛再看西塘，就不那么美了。浑浊不动的绿水，女人正在洗菜，不远处，有人倒进一盆污水，涮了涮，走了。倒是那些乌篷船，一排排等着，闰土和阿Q都老了，反戴着馄饨式毡帽，慢慢摇橹过来，耐心地砍价。

最后一个纽扣工匠，也老了，他的家是一座手工作坊。脚踏式木头工具，发出亮光，吱扭吱扭。他用骨节粗大的手，为我用贝壳制作了一枚纽扣。大贝壳的脊背上挖了一个一个小窟窿，纽扣大小，衬衣的纽扣原来是用贝壳做的呀。

现在，我的背包夹层里，有一枚小小的纽扣，是我对西塘唯一的牵连。

宕昌老街

老街上都是老人，穿着对襟黑布衫，蹲在墙角下，晒太阳。

他们身后的老屋斜斜的，一使劲，就能推倒。窄窄的街上，手工作坊里还在榨油、在做鞋、在用刨子推木头。

进了一家老宅，甬道低低的，暗暗的，木头已经磨得很亮。耳房也低低的，木头同样温滑锃亮，土质的地面被刚下过的一场雨淋得坑坑洼洼。主人说："这房子太老了，快不行了，你看，我们已经盖了新房，二层楼的。"

他指着院里的一幢白亮小楼。这时，才看见耳房、正房都已挂了锁，房里也空了，只有窗纸被风吹得噗噗响。

这个不大的院子，须仰视才能看到全貌，这是一个逼退的角度，或许是正房斜坡式的屋顶，虽然上面已经生满了蒿草，但它斜斜地压下来，还是让人倒退了两步。

倒退了两步，这时，看见院角背阴处蹲着一个老人，他郁闷地抽着旱烟，烟锅烟袋也是油亮的，头上戴的黑圆瓜皮帽分明还是清末年间的式样。主人说："自从盖新房那天起，我爷就不说话了，他说他不住新房，就住老屋，谁要拆他的老屋，就和谁拼命。"

殪虎桥

七月的陇南，潮湿、温润。下了一路雨，车子拐弯时觉出车尾轻飘地滑动。会有人发出轻声的尖叫，有人为这种"危险的快乐”笑出了声。

车子舞蹈着在湿滑的公路上行驶、转弯，像个喝了小酒自我陶醉的人。七月，离开都市，前往山林，终归是好的。

“要唱歌！”有人喊。

司机不回头，说：“前面就到殪虎桥了，到那去唱。”

两侧群山已经被雨淋得发黑了，这个“醉汉”摇摇摆摆又绕出几个山沟，嘎一下停在了一座小桥边，“殪虎桥到了，都去唱歌吧！”司机扭过头高声说。

人们欢快地哼着小曲下车了。男人们一下就不见了。“唱歌”嘛，当然要找个隐秘的地方。

这个小小的桥边，有唯一的一户人家，门开着，炕上坐着三个十岁左右的孩子，笑着望着我，这时我才觉到自己已经贸然地进来了。

母亲正在洗衣，也起身望着我，笑。

已经放假了，麦子也割了，下雨的时候他们哪也不去。母亲把三个孩子的布鞋洗干净了，搁到屋外的窗台上，鞋尖抬高，齐齐排着。

这种晾布鞋的方式，亲切又陌生。望着那六只安静的小布鞋，不知它们以后会走怎样的路呢。

烟袋斜街

——后海日进斗金的巷子。

祥子们依然穿着那身肘下漏凉气儿的粗布白衫，吆喝老外逛北京最地道的胡同。叮当作响的脚蹬车棚上歪歪斜斜写着：

喂走串胡同去！这种不带标点的一气呵成的句式，的确生动活络。巷子里古色小店摇摇欲坠的，让我有点喜欢。那家“昨日今日”，那家“美人记”，店门小得一个人侧了身子才进得去，让我有点喜欢。挨着小店，就堆着大白菜和蜂窝煤，几户人家低矮的窗户紧贴小街，刚洗的衣裳就晾在窗外，老人坐在马扎上打盹，女人手里织着毛线，让我有点喜欢。几个男人扶着28自行车，专注地看着一盘楚汉对弈，让我有点喜欢。

这条小街，或许很快就拆除了，消失了，岁月留下的皱纹，要想方设法抹平它的。人也要抹平皱纹，化妆品不管用，想法儿弄成人造美女，实在不行，去韩国，把自己做成别人，就是美。

大栅栏

大栅栏是个好听的名字，你得念出音儿来，“栅”字念“十”，“栏”字念“腊儿”，一定要加“儿”字音，才好听。

大栅栏其实不大，窄窄的，深长，左右依次排列着老字号：瑞蚨祥、同仁堂、大观楼、全聚德，甚至还有狗不理，都是翻新过的木楼，高高的三四层，每层挂着同字不同体的金色牌匾，想必个个都出自名家之手，斜斜压下来，仍能显出曾有的辉煌。

这儿，拥挤热闹的程度，丝毫不亚于过去天桥上耍把式卖艺的时候。游客、民工、乞丐、盲流，各色人等摩肩接踵，还和旧时的情景大抵相似——仍是京城的下风下水，东西也最便宜，仿造品吸引着大批无产阶级劳苦大众。

只是，已经听不到地道的京味儿吆喝声和胡琴声了。进得同仁堂，要先下台阶，意为前来求医问药者个个心情沉重，先放下包袱，待抓得了药了，出门时再上台阶，表示药到病除，豁然开朗。所以，同仁堂又有一个别致的代名词叫“倒下台阶”。想一想，当年二奶奶管这么一个大家，也真真不易呀。

穿过这些名头，渐渐的，人就稀了，开始有蜂窝煤和大白菜了。矮矮的灰墙四合院，进出着拎簸箕提鸟笼的大爷大妈。横竖交错的胡同口上渐次标着：铁树斜街、小扁担胡同、樱桃斜街——多可心儿的名字，就像咱自家唠嗑呢。

怎样才能走到下一站——琉璃厂呢？我已辨不清方向。一个遛鸟的大爷指着北面，高声说：“见直喽走，就是琉璃厂了！”

琉璃厂

时至二九，琉璃厂清冷、寡淡。

店主不太搭理国人，国人大都不买什么，只来转转。店主见了老外才笑脸相迎叽里呱啦口语好得让人瞠目结舌。

一个卖毛笔的小摊倒是摆在了墙角，从一根小葱大小的紫毫到京楂、斗笔、提笔，甚至还有铁锹把大小的长锋呢，排了一溜墙，可谓壮观。摊主是个南方人，随和地笑着，不怎么说话，更说不出一句英文，才像是接着了点地气。

荣宝斋同样无人进出，掩了半扇门，似在歇冬。再走，见一个四面佛压住了领袖的头像，占据着铺位最佳位置，庄严的庄严，嬉笑的嬉笑，各显其能，有意趣，很行为艺术。胡蝶三十年代的香皂广告和二位主席谈笑风生的照片挂在了一起，很行为艺术！

店主就是店主。想起看电视剧时，沉浸在剧情发展的情绪当中，倏地：“属我鲜，可比特！属我辣，可比特！”厥倒！

电视也是店主，都争抢最佳位置，不会温柔地问你：“现在总可以播广告了吗？”你最好一边儿歇着，解个手，喝口水，或者再训训孩子怨怨丈夫什么的。

一串腿上裹着毯子的老外被祥子们拉着叮当而过，琉璃厂又恢复了冷静。

几百年前进京赶考的举人们，已返回故里，少数几个中了状元的，也没人再住在这儿了。

琉璃厂，板着几分暧昧的面孔，在悄悄琢磨老外兜里的银子呢。

怀柔

山道曲折，物种茂盛。

我们的车越行越慢，偶尔停下，让后面的车超过去，然后下来看看树的名称。

白蜡树：好名字！白霜的身体像要流泪。“相见时难别亦难，东风无力百花残。春蚕到死丝方尽，蜡炬成灰泪始干……”它一定是懂得了李商隐的心境，蜡炬难以成灰，变成会流泪的树。

山核桃树：让人一下想到山村、山野、山货、山民、山间、山林所有带山的名词。而它的中间夹杂着“核桃”俩字，直接说出了自己的果实，显得十分骄傲，十分理直气壮，让人欢喜，让人看了又看。

山梨：比山核桃树温存了一些。也许是字数少或者是它的发音吧，就有了这种感觉。我想：它的果实是深棕色的，果皮上生着麻点，不张扬，像农民的脸。这是一种让人握在手心想久久注视的果实，而非光鲜艳丽的那些果实，一下子只想吃掉。

它属于超越了食欲的审美。大自然中有这样的果实，可以让人发呆，让人想不清却还要想一想。我又要对神奇的造物弯腰鞠躬了。

七角枫、五角枫：仔细数了，七角枫真是七个角，五角枫果然五个角。七个角和五个角的枫叶落满山野，踩在上面，就有嘎吱嘎吱的响声。

一种有成年男人手掌大小的枫叶，令人惊异。悄悄摘下几枝，一合，便是一捧了。抱在怀里，喜不自禁——城里哪有这种野趣花束的花店呢？

现在，它变成了一把风干的叶子，在一个粗瓷瓶里，被我疼爱着。

白桦、紫桦：有人喊：“快看紫桦林！”

山的半腰，大片白桦中间，山色突兀地变了。大哥说：“快站过去，给你拍张照。”

站在那片林前，却不知摆什么姿势，可能对它的惊异还未退去，呆呆的。

昨天，翻看从前的旧照，站在紫桦林前拍的照片中我竟是举着双手，摆出“victory”的胜利手势，要多不协调有多不协调。

喇叭沟

北京现存的唯一一个满族村落。

村口，农人蹲了一排，晒太阳。深秋的阳光格外深厚。农人望着我们，笑。我们饿了，问他们有地方吃饭吗，其中一个站了起来，笑：“到我家吃吧。”

他的手袖在棉衣袖筒里，低头走在前面，不说话，我们跟在后面。上了一个坡，一个围着木栅栏的院子，院里全是木椅木桌。我们欣喜地进去，摩挲着粗质凹凸的桌面，竟有偶尔的树节平平地横切在上面。一只蚂蚁从桌面慌慌张张地路过，它一定要办什么大事。树影斑斑驳驳落在桌面上，被风一吹，到处都飘移着，令人惶惑得很。

农人拿来了菜单。嗬！他家有菜单！他笑：“对！有菜单好几年了！”

那天，我们吃了小鱼贴饼子、烤虹鳟鱼、玉米饽饽、拌汤，都是从未尝过的美味。

长哨营

想必曾经是清朝的一个驻军营地。

这里地处京城以北。当时，关外常常进攻关内，应该有不少这种驻扎的阵营。现在，没有关内、关外之说，努尔哈赤的铁骑早已踏平中原，可我仍喜欢这两个词，没有具体的理由，就是一种地理界限和战火暗藏的味道，包括故事、人物、英雄、传奇等等，留下的或者没有留下的可能性——对，我喜欢的是可能性。

尽管，可能性已让这个叫做“长哨”的营，在几百年后变成了没有特征长相的公路边一个普普通通的镇子，尽管，路边开着餐馆，也出售虹鳟鱼，有人停下车子去品尝了，我还是没有对这种意外的可能性产生丝毫的反感。

那些花儿

——与砖雕有关的琐记

民居里的影壁

一天，电视里播放一名记者跟踪拍摄牙雕制作的全过程，我国仅存的一名牙雕工匠师花了近一个月时间用象牙雕刻古代宫女，这既是第一次全程跟踪拍摄牙雕艺术的诞生过程，恐怕也是最后一次，因为这门艺术即将绝迹。

昂贵而又罕有的象牙更适宜献给无限少数的人，自然有些高处不胜寒，它的绝迹不单是一门手艺的失传，与动物生命自然环保均有关联，不能单纯以好事坏事来论。

我们更多的日子贴在地面，在每一个时间的缝隙，在炊烟和柴草的夹缝中，挑开一段柴草，一个靠在院落影壁咧嘴憨笑的小男孩渐渐显影，那面比他足足高出三倍的棕灰色砖雕影壁是他成长的见证。在小男孩的祖母老去的时间里，小男孩长成少年。影壁上雕刻的繁茂的松柏，比他年长，也比他坚韧、挺拔。每一片微小镂空的枝叶让他恍若昨日，祖父曾经多么年轻，用心跳一点一点雕刻出高大的生命影壁。

一个更小的男孩围绕着影壁在蹒跚学步，那是小男孩的孩子。

一个明朝和另一个明朝

临夏八坊华清寺里的《墨龙三观图》作于明代，就中国漫长沉重的历史而言，那个时间离我们不远也不近。去年夏天，我在写一部明朝大事记的时候，穿越了整个明代，将现世真实的时间大比例地浓缩了，时空轮回般穿梭其中，并非一件轻松的事。那个夏季过得很累。

我领悟《墨龙三观图》的良苦用心：长方形图画上，一条蟠龙飞腾在祥云中，张牙舞须，龙目圆睁，活灵活现。它的兴奋和腾跃在每一处鳞片和尾翼都有体现，若伸手摸摸，能清晰感觉到龙的体热。对于上下翻飞活灵活现的蟠龙，用一条怎么能概括得了呢？用好几条不同瞬间不同姿态的龙的形象才能更充分地表现龙的生动，看吧，这幅雕刻上并非一条龙，而是六条龙，这六条龙其实就是那一条。

拖着疲惫的四肢完成了明朝书稿，进入清凉的秋季时，一种一人分成六个分身腾空飞舞的幻觉即可袭来。

“花　儿”

河州南阳山坡，三个眼窝深陷鼻尖高挺的砖雕学徒，一面练习手里的“捏活”，一面扯着“花儿”：

“花儿”本是心里的话，
不唱时由不得自家；
刀刀拿来头割哈（下），
不死了就这个唱法。

六月里到了麦黄了，
尕镰刀手心里攥了；
庄上的尕妹子打发了，
心冰着康（腔）子里哈（下）了。

天上的云彩跑马哩，
太子山拉雾着下哩；
尕妹的心里有假哩，
费那个心思着咋哩。

天上的云彩似乎真的有了形状，像骏马，像少女，更像一个英气十足的青年。三个少年做完活，跑到草坡上，他们毕竟还是孩子，他们打车轮，钻进原始森林，在大片野生蘑菇地里翻滚。

“花儿”是药，能医治灵魂的疼痛；“花儿”是风，能吹干情人伤心的泪；“花儿”是幸福，能为亘古不变的日子加进惊异的一丝蜜糖。

有一部韩国电影《中毒》，和“花儿”有些相近，怪异美妙的“毒药”，药引子是生活，不知不觉侵入你的下一段生活，让人上瘾，疼痛，却欲罢不能，美妙甜蜜。谁能不中毒，谁能不为神秘的毒瘾而死？最后剩下的，即是怀着大片愧疚的，最后剩下的，即是怀着全部幸福的。

尕手尕脚尕指甲，
尕手上包的是海纳；
抓住尕手儿问一句话，
尕嘴儿一抿着笑哈（下）……

离砖雕工艺聪慧的传人不远的，一定有羞涩的爱情。

一首诗

“坐626路，在牛街南口下车/离清真寺就不远了/我想看看马贵宝/他是大阿訇/也是我的朋友清真寺正在维修/无法进入牛街空荡荡的/头戴面纱的伊斯兰女子/偶尔走过/空荡荡的站在牛街/想起去年冬天，马阿訇低沉悠远的诵经声/我的眼睛又湿了……”

在整理其他稿件时，无意中发现了这首从未面世的小诗。其实，马贵宝大阿訇并非牛街大阿訇，而是八里庄清真寺大阿訇，为何有这种莫名其妙的错觉，舍近求远去牛街看望他呢，我一直给不了自己正确答案。在此后的会面中，我始终没有跟他谈起过这件事，他更没有看到过这首小诗，这首诗一直存在我的文件夹里，好几年。

那几年，我习惯一个人游荡，在一座城市的一些角落，可以花一整天时间，只去一个地方，比一天不知所云地荒废掉要强，虽然更多的每一天我都是荒废了的，而且还在继续荒废。

人生是一个荒废的过程还是一个获得的过程，哪个答案都不无正确。我一个人走在牛街上，是初冬，阳光清凉薄冷，我想遇到熟悉的人，没有遇到亦合我意，为什么呢？我就是一个人来的，还要一个人走，如同伊斯兰砖雕画面上从来不出现人物一样，从来都是花鸟、山水、植被，以及美好的世界，极致之处无须有人，人须隐身，人至无常了也无须恸哭，因为，生老病死均由真主前定，过于悲伤呼喊一定夹带着不少的抱怨呢。

我把这首小诗隐藏了，藏得连我都差点找不到。

第一碗牛杂割

来得太早，锅还没有烧开。

我们等着。

白胡子阿爷一面忙碌一面寒暄：“这么早的阿达去呢？”

“大河家去呢。”

“噢。”

老店炉膛里架着煤和柴，烟雾弥漫，“红园去了吗？”阿爷问。“去了。”“来临夏不看红园就白来了呗。”阿爷捋了捋胡须。

红园里，一字亭南侧照壁上的《泰山日出图》，采用的是传统的国画技法，两峰巍峨对峙，中间石径奇险，宝塔耸立；在北侧照壁上的《石榴双喜图》，树枝繁叶茂，果实累累，一双喜鹊似已饱尝了鲜美的石榴，正举起一只爪子，擦拭着尖喙上的残汁呢。

阿爷这么定义红园不算夸张。喝着第一碗牛杂割汤，心里热乎乎的，下一站，大河家，在那里的见闻，以后会说。

军民街上

这些不计其数的花儿，绽放的花儿，葡萄、石榴、秋菊、枫叶、荷花、牡丹、芭蕉……世间应有的美艳，这儿都有。

它们在每一块方砖上倾诉着朴素的心愿，另一个主人将要认领它们，让它们实现梦想，找到自己的家。

这些美艳的女儿，也像孩子，被主人呵护，一辈子。

我曾从云南前线背回过一个钢盔，为什么不能从这条军民街上背回一块砖雕呢?

爱情长老了

昨天，和发烧友去淘音乐，发烧友挑了《五十美分大屠杀》，一水儿的原版英文，眼晕，似摇滚得厉害，间或R&B。我比较老实，选了肖邦，一水儿的夜曲。这个就比较好，中英文对照，符合中国国情。

近日，不知怎的，对钢琴曲超迷，听舒曼的，因为是协奏，仍是想听独奏，另一个原因，“钢琴诗人”肖邦与女作家乔治桑生活的八年中，艺术创作达到了极致，生命也开始抵达终点。我所感兴趣的是，他与乔治桑分手两年后就赫然去世了，39岁，拖着结核病的身子（这种病在十九世纪如同现今的艾滋，无可救药），为什么女作家没有护送他抵达终点，是因为什么放弃的?

记得在不谙世事的年纪读了乔治桑，懵懂得很，除了一丁点女作家特立独行的印象外，其他模糊一片。那样小的年龄还承受不了多出的分量，也理解不好怪诞的特殊才华。有时候，听到谁谁谁说从六岁就看《红楼梦》，或者八岁、十岁，本来是应该颇为佩服的，但我在佩服之前还是忍不住疑虑，直至疑虑大过了佩服。我见过一个乳牙还没长全的婴儿硬啃一块羊排，他的牙齿和胃肠道都是难以消受的。也许，人家的心智发育迅速快捷，就真的读懂了也未可知，而我却是很慢的，我得慢慢的才能读懂不少的经典。我需要长大。

乔治桑，我是许多年都不懂的。这位比肖邦大六岁，离过婚，有两个孩子，喜着男装，酷爱抽烟的特立独行的另类女才子，如同许多男性，肖邦对她的第一印象并不算好，加之当时她绯闻缠身，甚至可以说令男人们望而却步。而另一方面，乔治桑拥有敏锐的头脑与坚韧的个性，像母亲一般精心呵护患有肺病的肖邦，阴柔的肖邦所不具备的许多特质，甚至与他完全相反的特质在乔治桑那里都能呈现，她深深吸引了肖邦。

丰子恺先生在1930年以前用文字这样评价过他们：

“桑身材低矮，肤色浅色，而体态略胖，颜面表情冷静，并不是十分娇美的女子。肖邦最初会见这女子的时候，对她并不发生什么好感。然而她有一套妙术，能征服男子，恰似肖邦的自由操纵钢琴一样。她对于肖邦装出母亲一般的假面，而抛送激烈的热情，肖邦当然不免为她所动……”

如果没有爱情，我想乔治桑是不必为当时名不见经传的肖邦付出许多的，除过爱情，没有让她付出的理由。当时的乔治桑已是法国名噪一时的女作家了，身边也不乏优秀男性的围拢，她为何要对身体病弱、性情乖戾的肖邦施她的“一套妙术”？甚至“装出母亲一般的假面，而抛送激烈的热情”？因为爱情，否则哪个女人也不会做没必要的表演。而肖邦，恰恰需要这些，需要一个母亲、一个情人、一个女儿、一个佣人，乔治桑就是集这些女人于一身的那一个。

但是，乔治桑对待爱情，还是有几分高傲的，这不足为奇。一个享有盛誉、才华横溢的高产作家，对爱情的渴望一点也不高傲似是说不通的。在马略卡岛与肖邦共同生活中，因为肖邦旧病复发，她时常感到他的病态的身躯不适宜过性生活，不管他怎么恳求，她强迫他清心寡欲，后来，他完全无此欲念了。这也是使得这对才子佳人最终走向彻底分手的暗扣之一，这个理由还是说得通的。

很多年以后，乔治桑写信给密友克齐马拉说：“我如处女那样，和肖邦生活在一起，已经七年了。由于我对情欲是那样地倦怠、失望、无药可医，我已经未老先衰，没费什么力气，也无需做什么牺牲。如果世上也许有一个女人值得肖邦绝对信任，那就是我；而肖邦根本不懂得……我知道有不少人在责怪我，有一些人埋怨，是我强烈的情欲耗尽了肖邦的精力；另一些人指责，我的行为出轨使他很失望，你是知道内情的，肖邦埋怨我剥夺了他爱的权利，等于置他于死地；我坚信，如果不这样做，那才真的置他于死地……”

一个出色的艺术家，他怪异的性格很容易被后人轻描淡写，而将他的爱国和至死迷恋政治最大化。波兰人民是无上崇敬肖邦的，他将他的祖国和民族融进了他的音乐中，在生命的最后时刻，唯一的理想就是把自己的心脏运回祖国！

但是，对于乔治桑来说，像所有神经质的人一样，肖邦也是如此。和他在一起，他总是过分挑剔，很难设身处地替别人着想。在政治上，他与乔治桑的观点不甚一致，他既不能容忍乔治桑所赞赏的某些人物，也不能接受这些人判断事物的方式。乔治桑知道他病态的偏好与厌恶，就像对小孩子讲话一样，会随时改换话题，否则，他会整天沉默不语，伤心难过，做出些难以想象的古怪举动。

另外，种下他们日后分手的另一枚种子，是傲岸孤高的肖邦看不惯乔治桑溺爱和娇宠她的大儿子，因此，两人时生龃龉。

乔治桑曾经写到过一个自私、假斯文的肖邦："他的身心都很柔弱，但是由于他肌肉不发达的缘故，反而有一种动人的美，一种超越年龄，甚至性别的外貌，像一位颀长而忧郁的女人，永远沉溺在他的白日梦中，他缺乏现实感……此外，他有强烈的占有欲，专制、暴躁、嫉妒……因为他柔弱，于是他会用一种虚伪漂亮的睿智，来折磨他所爱的人，他傲慢、矫饰、故示高贵、厌恶一切……"

这就是肖邦吗？这就是乔治桑眼里真正的肖邦吗？是的，这个肖邦的确是那个唯一的肖邦。这个肖邦其实并不陌生，至少我是不觉得十分陌生的。

肖邦的葬礼乔治桑没有出场。已经结束了，就结束了，再出场终究是不舒展的。

我听到了既浪漫诗意又激情忧郁的肖邦的无可奈何。他的夜曲的多个结尾真的是无可奈何的。肖邦为何从离开乔治桑直到逝世，将近两年半的时间里，不曾写过一首曲子。

我认识的一个男人爱上了一个女人，当男人问及这个女人和之前的情人分手原因时，女人说："爱情长老了。"

肖邦和乔治桑，八年的爱情，怎能不老？即便生命遇到险阻，叶子脱离老枝是不容延迟的，或许，已经延迟了太久，就得把生命放在一边，先做更紧迫的那件事。

花·骨头·泥砖屋

我是冲着欧姬芙读这本书的。

《花·骨头·泥砖屋》，合我口味的书名，作者成寒，台湾自由撰稿人，美国亚利桑那州立大学英语教学硕士，译著数十部。嗯，想必没错，我买下了这部传记。

开本很可爱，24开，几近正方形，适宜安置那些花和那双手。我先看完了配图，回来再读文字。我读书有一个习惯，精读序言和尾声，就像见到一个陌生人时，先仔细打量他的衣着和外表。我不喜欢囫囵吞枣。我还习惯精读内文，就像打量完全外表了，若决定跟他交往，就要彻底了解他的实质。如果这本书我确定要开始读了

这些习惯其实也并非十分可取。遇到不甚满意的文字和叙述风格，还要坚持读下去，到达最后一个句号。读书尚且好受

些，若与一个人这样相处，就累得多了。但是，我又习惯于让行驶中的车辆驶完全程，不把它搁在半道，不然哪天会放下手中的活计，翻回去找它。我丢了东西，不管东西好坏，总惦记着，这种心态对于一个平常人来说应该不算怪异吧。

退一步讲，我其实也喜欢看一个作者是怎么把一个人一些事说得不那么齐整，不那么逻辑清晰，也不那么丝丝入扣的。我要看他（她）怎么收场。

这一本书即是如此。

我从读序言开始就嗅到了它的风味。我开始仔细读内文了，大约不到二十页，把我对文笔的挑剔给逼出来了。作者到底是学英文的，说起汉文来显得不那么得心应手，一到节骨眼上就顶不上去了，我捧着书干着急使不上劲，看着她只能降到平铺直叙，自己也像撒了气的内胎。好不容易不平铺直叙了，就会疙疙瘩瘩，让人懒得替它解开。

好在我知道作者想表达什么，就不会被她不时出现的混乱文字或者重复的段落败坏兴致。我努力做一个有耐心的读者。我始终抓着主线，读得倒也清晰。所以，我还是愉快的，作为一个作者是能够理解另一个作者的，况且都是女作者，但是，根本原因是这个女作者所书写的那个女人。我因想更多地了解她笔下的那个独到的女画家，而对著书者的宽厚令自己稍有些吃惊。

懂画的人都是了解那个女画家的，我又能说什么呢？由于对那个画画的人感兴趣，然后通过她的人欣赏她的画，我把它看作一种学习过程和学习方法。

这种方法于我很受用。轻叩绘画殿堂的大门，探进另一领域的神奇内脏，我想从欧姬芙开始。

昨晚按遥控板胡乱换台时，央视七台采访一个73岁的女画家，一个目不识丁的中国河南农村老太太，她用孙女的蜡笔画花画树，很多报纸争相登载她质朴抽象的向日葵和秋天的高粱。不久前，香港某机构为她举办了个人画展，老太太一下子火了，可是，她说她不知道自己画的是画，记者问她，那你画的是什么？她说画的是东西。喜欢她画的人给老太太起了一个可爱的名字："梵高奶奶"。

我打开电脑，搜索"梵高奶奶"的资料，竟然找到了她的博客。我将她的高粱铺成了桌面，发烧友连连说："真好看，真好看。"

"梵高奶奶"还说，她从来不知梵高是谁，还以为是个地名呢。她看了梵高的《向日葵》，评价说："那个人把向日葵放到瓶子里了，就长不活，而且，那个人的向日葵是暗的，还耷拉着，他心里肯定有苦哩。"

"梵高奶奶"的向日葵是明亮地迎着太阳的，乍看上去，笔法与梵高确有异曲同工之妙。没人教她，从来没有。

而欧姬芙是经过了多年严格的素描和临摹训练的，并且成绩优异。她如果不是勇敢地打破学院派古板守旧的教学思路，沿着自己的内心轨迹表达独特的感受，想必也不会有后来的巨大名誉和卓越成就。

"我在哪儿出生，我在哪儿居住，我怎么样过活，一点都不重要。"在她离群索居的一生中，如果不是因了画，怎能到达98岁？

欧姬芙37岁嫁给了60岁的著名摄影师史蒂格利兹，其实在这之前，他们就生活在一起了。摄影师惊叹于她的才华，一面为她举办画展，使得她名声大震，一面为她拍照，那些著名的女画家的写真照片：羞涩圆润的乳房，完美修长的颈部，花瓣绽放的双手，所有的侧面、角度和瞬间，摄影师都没有轻易漏掉，那时，他的相机是长期处于待命状态的。

尽管，在之后的若干年里，欧姬芙为了绘画，独自隐居在新墨西哥州的沙漠深处，摄影师独自一人自然会移情别恋，转而为另一个年轻貌美的妇人拍照，其执着几乎影响到了各自的婚姻。

但是，令我惊奇的并非这些，这样的例子没多么新奇。令我惊奇的是，在欧姬芙的晚年时光，有一个叫璜·汉默顿的年轻人作为她的私人助理，跟随了她十四年。这个年轻人恰巧是在欧姬芙的丈夫史蒂格利兹过世的同年出生的，更神奇的是，此人的长相气质和史蒂格利兹犹如一人，并且相当神似。

再世轮回就摆在我眼前，我不能不信。两个一模一样的男人相距近100年的照片并排摆放着。欧姬芙之所以长寿，看来不仅仅因了她的画和发现她才华的摄影师丈夫，还因了上帝对她极度的恩赐。

一半是抛弃，一半是拥有

李静、戴军主持的《新版情感方程式》在北京七台播出多时，七台是个专为女性打造的频道，有点虚荣有点温暖有点小资和漫漶，化妆、美容、百搭、色彩、保养、健身、心理、情感无一不是女人专注之所在，我喜欢这个频道。

前几天播出的《情感方程式》之“我的孩子气男友”请来了两对情侣，当然，两位男生均孩子气得厉害，他们的女友一面诉苦一面在播音室声讨，一位女友说：“有一次，我的好友失恋了，很痛苦，我想去安慰她，但他就是不让我去，说我去了他也很孤单，谁来安慰他？并且以二者在我心里谁更重要必选其一相要挟。”

孩子气男友插话道：“我就是不想让她去，我的女友就该陪着我，况且那么晚了，她走了我一个人待在房间里会害怕。

一位男嘉宾轻声问他："你怕黑？"

"怕黑。"

"嘴上塞个奶嘴就不怕了。"

男嘉宾柔软的刻薄叫那个男生既委屈又羞愧，面容即刻变了颜色。

看完电视，我又开始读劳伦斯妻子回忆劳伦斯的《不是我，是风》，这个非同寻常的女人在她的文字里也抱怨："劳伦斯是个神经质歇斯底里孩子气的人，他还经常打我，动不动说，我早就不爱你了，不爱！"

她并没有离开，怎么可能离开呢？这个抛却了家庭、丈夫、三个孩子的与矿工的儿子劳伦斯私奔的女人，还有太多要做的。

在此之前，我还在读常年索居于新墨西哥州的女画家欧姬芙的传记时，得知她曾与劳伦斯夫妇做过邻居，虽然很少碰面（因劳伦斯长期辗转各地居住，为日益加重的肺结核病找到适宜的休养场所，当然这并非唯一的漂泊原因）。他用自传体小说《儿子和情人》的手稿换得了新墨西哥州的一个牧场，然后就将它空置在了那儿。

以上种种促使我的想象不能始终停留在新墨西哥州，我要随劳伦斯夫妇看看更多的地方，那些甲板、那些湖畔、那些旅途，看看他们是如何演绎令人震动的爱情的。还有一个原因，我想在这本书里找到一个勇敢的女人是怎样将她的私奔事件的初衷诠释明了的。

她是从他们的结识开始写起的。是在她的家里。三十一岁的她初次见到二十六岁的上门向她丈夫求教的矿工的儿子劳伦斯，这个青年却与教授的妻子沟通得似乎更好。他们谈了什么，直至情深处，商讨如何离家私奔，作者描述的可以说浮光掠影。她说："我们相识还不到六个星期，我无能为力，只得听任命运的安排。"当时，她的婚姻似乎很美满，拥有一个女人可以得到的一切，然而，劳伦斯却说："当时的我像一件'被缠得乱七八糟的罩衫'。"

我随着他们坐船横渡灰蒙蒙的英吉利海峡，"我的心中充满了希望，但也不无懊丧。"车闸一旦松启就无法停下了。他们开始了长达十年的漂泊。我耐心地随着她走，书已读了大半，她坚持只说旅程和旅程，对内心的动荡以及劳伦斯创作方面的情形提及甚少，比如，当初她究竟爱上劳伦斯的什么，使她疯狂地不折不扣地抛却一切。再比如，她是如何消解思念孩子的痛苦，作为妻子、母亲、情人（她与劳伦斯共同生活两年后结婚），她把内心的撕裂、撞击和哭嚎藏在了哪里，书本上找不到。

她不说，是不想说还是另有原因，或许，不说，是她的策略，不愿说，是她的权利。

把真相留给自己，世界就仍是她的。

她溜着咬了钩的读者迟迟不起竿，一个垂钓高手才这样，要不就根本不屑于那咬钩的鱼儿，我找不出中间答案。她是有能力写出真相的，而选择了顾左右而言他，在避重就轻上花了时间和工夫。

已经疲于跟着他们乔迁再乔迁了，劳伦斯的众多著作都是在路途中写就的，《查泰莱夫人和她的情人》《虹》《爱恋中的女人》《大海与撒丁岛》，他的在当时被视为叛逆和不道德的创作带给她生活里的影响可以几乎不费笔墨吗？我的失望愈加浓重，我加快了阅读速度，看出这个“厉害”的女人是决意不说了，很快，我读到了劳伦斯的死，结尾部分。

“最后的时刻终于到了。生命之线在他起伏的胸膛里折断了，他的脸变了颜色，面颊和下颚轻垮了。死神已经摄住了他。死神到来了，劳伦斯死了，如此简单。只有细微的变化。而然，这又是决定性的、让人震惊的变化。他死了。”

这就是劳伦斯夫人描写的劳伦斯的落幕，45岁，还算年轻，她也不算老，还能用形容来述说劳伦斯的死，夹着果敢和迅捷。一丝浅显的痛彻只在我表皮轻刮了一下就飘走了。我究竟应该怎样看待这个女人

我猜，她厌倦了。一个身体文弱、心性狂野的男人，一边创作伟大作品，一边尽最大气力折磨身边的爱人，这类事例并非罕见。他无数次的争吵、伤害、谩骂、要小孩子脾气，作为他的妻子，一点也不厌倦或许不切合实际。

爱像一枝罂粟，开着有毒的花，妖冶绝望。她看到了更多。

《情感方程式》之“我的孩子气男友”快要结束时，女孩反复说：“你总是这样，我累不累呀，你要真的对我好就别再烦我了。”

劳伦斯死后，劳伦斯夫人嫁给了一个意大利人。

当事者的理由才是结局的真理。她这样将劳伦斯交代给世人，是经过了深思熟虑的。真够为难的。

我产下了一个婴儿

昨晚，我产下了一个婴儿。确切地说是今天早晨的事。

每天上午，天还没亮，我会醒来一次，窗帘上布满了暗黑，我再睡下。就在这一时间段，我进入了清晰的梦境：我产下了一个婴儿。

那个婴儿像刚刚出世的熊猫宝宝一般，巴掌大，不停地翻动、爬行、坐。我就在梦里回想了，刚刚出生的孩子应该不会翻身也不会移动，连头都滴里当啷支不起来，得用手托着，把他放在床的任意位置，也不必担心会跌落下来。而我却很担心，我刚刚产下的婴儿总是动弹，总有要掉下去的可能，让我不能安心再睡。

我发现，我的身边还有婴儿的父亲（这还是一个角色完满的梦），他和我同样担心，反反复复地将婴儿抱回到安全地带，而刚一松开手，那婴儿又坐起来，四处看着，还看着自己穿着的马戏演员连体带帽子的绿色小衣服。婴儿的咽喉不断发出清晰可辨的喘息声，急促连贯，我在梦里听得清清楚楚。我觉着，一个婴儿这样呼吸肯定是很不高兴了。凭着对育儿经验的回忆（当然是在梦中回忆），我立即得出结论：他（她）饿了！

他（她）是清晨五点出生的，现在已经九点了，四个小时，肯定饿了。

这时，婴儿父亲的涌泉穴正被我的一根拇指摁着（我刚刚学会了这一健身法）。我问他："疼不？"他说："疼，可也舒服。"我说："那个东西饿了，咋办？"他毫不迟疑地起身给婴儿做吃的。我以为他会温一小瓶牛奶喂他（她），他把一个馒头掰开泡在盛满凉水的脸盆里，那种钢筋盆子，放在地下。我很纳闷："刚出生的孩子能吃这个？"可婴儿的父亲说："现在到哪去弄牛奶，一点准备都没有，你就生下他（她）了。"

这么说，我是没有经过孕育，突然产下这个婴儿的？

情节戛然结尾，我从梦中退了出来，坐在床上发呆。我想起一个名叫法拉奇的意大利女人，她创造了很多传奇，想成为法拉奇第二的女记者遍及世界各地，中国更是如此。这个著名的女记者曾写过一本书信体小说《给一个未出生孩子的信》，里面有几个段落，女记者抱怨怀孕给她带来的不便："你把我看成了什么？一个容器，一个罐子，任你在那儿放些东西，让我保管？我为什么就不能激动、狂喜、愤怒？怀孕期间我只是一件完全平静的机器？"与此同时，女记者也庆幸怀孕给她带来的骄傲和喜悦："他不能怀孕……这究竟是一种优越，还是一种缺陷？直到昨天，在我看来，这都还似乎是一种优越，甚至是一种殊荣。但今天，我对此改变了看法，我认为这是一种缺陷，甚至是一种无能。把别人的生命包容在你自己的身体之中，这的确不能不说是几分骄傲与光荣，因为你能由此感觉到自己具有两个生命，而非生命的一个孤独存在。一想到这点，我甚至会从心中油然而生出一种胜利的自豪感。"

女记者闪着特质亮光的独到体会，像镜子一样晃到了我的眼睛。我怀孕时还太年轻，虽然从秋季到来年春季，经历了漫长的跨度，但依然来不及一点一点收集那些特殊的碎片，再把它们一一记录下来。当时，更愿意充当一个亲历者，而不太善于充当一个描述者，况且，我一心只顾做一个勇敢的卫士——我要生下我的孩子！我被这个本能的原罪充满了气，膨胀得很。

如果说这个本能是我生命历程里一段美妙的过往，把它打包收藏起来，有了压箱底的物件，心境沉沉的，也不那么飘了。后来，我听到不少女作家说，自己生下的孩子才是一生中最得意的一件作品！恐怕恰属于这类心态吧。但是，直到现在，我连这样的句子也说不出来，我还是不善于大跨度跳跃式的形容和比喻，那种有些意外的刺激和灵动聪慧的见地让我产生疑虑，我总觉得，孩子是孩子，作品是作品，两不沾。若是将自己的孩子形容成一件文学作品，终是降低了自己的孩子，到底孩子还是要圣洁一些、天成一些，更化学反应一些。对于这个世界来说，他只是一个普通的生命，芸芸众生是无须在意他的，对于你来说，他是任何人也替代不了的唯一情感，与你的文学作品而言，似乎不太有能够完全吻合的可比性。

说自己的孩子是一件最得意的作品，其实还有点得意洋洋的暗示，对于不想要孩子的女作家来说，就藏了柔韧的刀子在里面，就不太好。你何时听到过伍尔夫、乔治·艾略特、艾米莉·勃朗特、夏洛蒂·勃朗特、简·奥斯汀、狄金森、杜拉斯、波伏瓦、李清照、张爱玲等人谈论过她们的这一憾事？人家也许不以为然，因为人生还有其他更为重大的憾事。

若是把文学作品比作自己的孩子，正如女人在矫情的时候还是可爱的，女人就更加愿意泛滥这种情绪，泛滥了也在情理当中，在被允许范畴之内。所以，把孩子与文学作品相提并论的这一说法一度很是流行，现今仍未过时。

有人会嘲笑我，怎么这么不解浪漫、这么僵硬？那种比喻是一种诗意呢！

诗意就理应矫情，就理应小女人气？

前几日，一位八零后诗人与我对话，他说，人们都觉得诗人个个是疯子，都很讨厌诗人。我说："你呢？"他说："我也会不定时地疯一下，让人讨厌。"我说："其实，也有不少优秀的诗人跟常人一样，而非疯子。"他很疑惑："真的有这样的诗人吗？"

还有一位未曾谋面的远方的诗人，要出诗集了，这对于一个多年痴迷诗歌创作的人来说，是一件令人振奋的事。他发来了他的诗稿，想让我写点什么，我答应了。抽了一下午时间，认认真真地读着他的诗，在读到一小半的时候，我决定不能为他写了。先有了这个决定，再将这一决定告知他，是有难度的。

我也写诗，写着写着，就想做个剃头匠，剃剪掉字里行间一不留神就窜出来的抒情、形容和比喻等修辞方法，它们虽然漂亮好看，但还是显得艳俗冗赘，而且会加大空洞的空间，于诗歌而言，是极为不宜的。有时候，我又想做一个花农，耐心地修剪旁支错节，尽量存留下有力苍劲的主干，让它们经历风雨。

我还是没有想出回答以上两位诗友的最佳理由，但这并非我真正担心的，我担心的是，我们会因骄傲和愚蠢错过更多有趣且深刻的思维和时间！

那么，在今天这个清晨，我错过了什么？

我没有经过怀孕就突然产下一个婴儿。我仅仅错过了一个生命的孕育和生长？仅仅错过了一生中的两个季节？

我们都在继续错过——

昨晚，我的儿子突然问我："你生我的时候为什么不剖腹产？"我先是愣住，继而回答："能正常生就不应该剖腹产。"他说："现在人人都剖腹的（不知从哪得知的）。"我说："那样生孩子虽然又快又安全，但孩子大脑不聪明。"

他有点得意，眼里还溢出了感恩。

我的梦和儿子的对话似乎找到了某种呼应，它潜伏在我大脑皮层下的几个皱褶里，当我熟睡时，便悄悄溜出来，设立了失物招领处，那些飘飞的错觉落下来，落下来，找到了一双伸过来的手，像系住风筝的绳子。我安心了。

比缓慢更缓慢

窗外正在落雨，一个写作的好天气。

光线通透的晴天，屋里待不住，总想外出徜徉，做惊蛰过后在地表慌乱爬行的小生物。

匀称的雨声来来回回更像按摩曲，收敛了人的情绪，也平和了人的思路。一直希望自己的心灵静寂下来，一直希望用一种非常平静的语言描述所要描述的，不轻易被内容牵着鼻子走，不像路边任意的一片纸屑，被任意的风恣意吹送。

这需要历练和时间。

最长的也是最短的，那就是时间，大把大把，转瞬即逝，你怎么看它都对，又都不对，一路生出接连不断的错误，将光阴的银子花得所剩无几，看看手心，还握着大把的银两等着挥霍。

每个人何尝不是贫穷的富翁？我栽种的花籽都发芽子来了，窝着脖子，卑躬又亢奋，我将压在它们头顶的小土坷垃轻轻拨掉，赠与了它们抵达光明的一小段时间，是否也斩短了它们一生的一小段时光？我没细想，就这样做了，做完这些，天色已经暗下来了，天色一暗，我会和那个叫做萧红的女子碰面，接着读她创作的《呼兰河传》，1938年，她才27岁，却用72岁的老道笔触写作，把生理年龄与笔触年龄彻底倒置了，无比耐心、无比沉静地不慌不忙地在写，看不到丁点的浮躁与焦急，甚至写了近4万字了还没有出现一个小说人物，她静谧地描述着呼兰河镇上的景象，店铺、街道、植物、牲畜。敢于这样写小说的作家着实不多，这需要不小的勇气和超强的耐性，我不但要对她另眼相看，而且还和她的耐性较上了劲，我拿出所有耐心，检验着自己的节制力，让缓慢更缓慢，让进展几近凝滞。

我的阅读一向极慢，已经养成的字斟句酌的不好不坏的阅读习惯很难改变。我不着急，我已经过了慌慌张张四处看热闹的年龄，读小说早就不是为了排遣空寂而看热闹和听故事了，我对热闹背后或故事底下隐藏的未知更感兴趣，我知道，足够的耐心会带领我游走于每一次每一页每一行每一字的阅读快感中。

萧红的确是相当慢的。这个慢恰合我的胃口。

其实，我是在认识萧红这个人很久之后才读她作品的，中间隔了不短的年份，并没有急于读《生死场》《呼兰河传》《小城三月》及其他她的任何篇章，是因为一种有意无意的留白心理，像是一个好吃的食物，舍不得一下子吞光。

一个女作家只身去西藏，却始终没有进入布达拉宫，她说："为什么不进布宫，不是每一个地方人类都可以涉足，不是每一个地方人类都能畅通无阻；一个人心中总有一些禁忌，西藏就是我的禁忌，我得为自己留一个最后才去打开的地方。"我读萧红，虽然与这位女作家的布宫看法无法比肩，但还是有一致的那么一点东西吧。

曾与一个作家好友闲谈时，问他："认识萧军吗？"他说："认识萧红。"这个作家一向聪慧幽默："你认识萧军？"我说："萧军已经和兰州一个姑娘结婚了，还在黄河边上拍了张结婚照。"他说："谁告诉你的？"我说："胡风的妻子。"

我俩像在扯着邻家男女的家事，东一句西一句，其实都知道，萧军和那个"兰州姑娘"生活了50年，走过了一辈子，他们更合适，相濡以沫，但萧红和萧军这两个名字被紧密联系在一起已不止50年才是不争的事实。

作家朋友说，那个时代的作家是很有意思的呢。至于他认为怎么有意思，他没细说，我也没问。我再次看了二萧的那张经典合影，萧红坐姿，口衔烟锅，萧军站立，挺拔威武，看不出萧军的真实身高，似乎魁梧高大，其实，真实状况恰恰相反，萧军五短身材，萧红纤瘦高挑，两人并排时齐头相当，我有些失望了，而且，萧军的五官和中分发式都属于让我不易产生好感的那类，当然，我不是一个以貌取人的人，如果这个人是很有才华和胆略的，之所以失望，更大成分上是因了萧军对萧红的呼喝叱咤、施虐粗暴后，萧红还在众人面前为他推脱解围生成的。

1942年，被误诊割喉的临终的萧红，令她一度幸福快乐的端木蕻良也曾撇下她不知去向过，31岁的萧红卧在病床上写下了："半生尽遭白眼冷遇……身先死，不甘，不甘。"是为遗言。在《呼兰河传》里，我看到了萧红的童年，看到了她对故土和亲人浓烈的情感，看到了那个时代一个团圆媳妇惨死的全过程，看到了一个卑微的磨倌出乎寻常的达观的人生姿态，看到了一个瘦弱女孩对世间的凄苦渴望。她要把速度放慢再放慢，慢得不能结束的慢，除过比土地还要厚重的情感，这么慢的速度谁能掌控得住？

那不是27岁的人写的，她的心早已长老了，恐怕7岁时就已经老了，到了31岁，她已活过了一生，也不算短暂，留下那么多文字，留下别人用长长的一生也未必能完成的文字，这部小说正如她的生命般，开场漫长，却急急收尾，故事戛然而止，故事总要中止的，就一下子中止了，她的生命也一下子中止了。这么想来，就不再为这个短命的卓尔不群的独特女子感到惋惜。

忽然记起我的姥姥和萧红同年出生，也是1911年，我的姥姥总说她生于民国元年，我就记住了1911年。我想列举一下同一年出生的她们的不同之处：我的姥姥有名副其实的三寸金莲，走路颤颤巍巍，一生没出过远门；萧红大脚，行路遥远，颠沛流离。我的姥姥用铅笔头抖抖地写她的名字——白玉琴，她一生只会写这三个字；萧红从小读书背诗，尔后大量写作。我的姥姥半辈守寡，却子孙满堂，家族有三四十口人；萧红一子送人，一子早产夭折，一生膝下无儿。我的姥姥享年84，萧红只31。

不再比较了，比较的痛苦是一把奇怪的刀刃，冷不丁闪出亮光，森森的。

前几日，一位哈尔滨依兰的诗友和我讨论诗歌，我却问："萧红故居现在啥样？"他说："还真没去过。"那么近也没去过？我不无遗憾："能不能替我去看看？"

酒吧就是用来离开的

走在这条斜街，是秋天，大约十月。这条街在后海和什刹海一带，那一带尽是些老胡同和老平房，气氛混杂，酒吧和民居的门紧挨着，各过各的日子各赚各的银子。酒吧的木桌摆在了门外，紧靠着“海”边，居民刚洗的衣服也挂在门外，滴滴答答。

那些绕着巷子混混浊浊的“海”总让我感觉泛着某种污气。周作人在1924年7月就写过：“不过北京的泥塘似的许多‘海’实在不很满意，这样的水没有也并不怎么可惜。”读到这段文字时，我的鼻腔里又窜出那股死寂腐败的气息。

路边的酒吧都是空的，夜幕尚未降临，离所谓的夜生活为时过早。我走进一家“海”边的小酒吧歇脚，没有别人，只有一个男服务生，为我送来饮品就靠着门张望了。这屋里没人时就也没劲，他也腻歪了，无聊地望着街道。

海明威1926年在酒吧写成了《太阳也升起来了》，1929年在酒吧写成了《永别了，武器》，他因了腿伤，有时还会站着写。后来，有人把这一细节传得神乎其神，意思是说一定要相信一个伟大作家是多么的与众不同！

有一个人去了欧洲，又回来，他说他在英国进过一个酒吧，叫“狄更斯”，据说狄更斯在那个酒吧写出了《双城记》，他在比利时布鲁塞尔去了个酒吧，叫“天鹅”，据说马克思和恩格斯在那里构思了《共产党宣言》。

有一次，一个据说很会写散文的女作家，说她就爱坐在酒吧里写作，靠窗户坐，一坐一下午，那种感觉……她说她的好多文字都是在酒吧里完成的。我似乎也见过几眼她的手写体，小学生字，别字错字出现得个个惊异。听她这么说，我也确实愣了一下，蒙了一会儿，想象着她坐在酒吧里沉湎写作的样子。

其实，海明威和他那条特立独行的腿并非作秀，他疼得根本坐不下来呀。那时的酒吧也并非作秀，是普普通通的人待着的地方。海明威不知后世的传言，自然少了一份不安，但我心里有些发慌，每当一些变形和夸张的模拟在我脑海闪过哪怕一丝的质疑，都会让我愣一下，蒙一会儿。

在我眼里，酒吧一定还是嘈杂的，烟雾迷蒙的，能够让一个穷光蛋一进门就直奔木制吧台，说，来一杯！一饮而尽，再来一杯！又一饮而尽，然后拍下兜里仅剩的两枚铜板，晃晃悠悠冲进黑夜的冷风中。酒吧一定是让一个生活中遇到了问题的凡人时时向往、随便进出的地方，那种一杯一杯买酒喝的地方，不会摒弃一个囊中羞涩但才情不凡的人，这才是真正的酒吧，才是没有变味的具有可信度的具有人间温暖烟火的酒吧。现在，酒吧里的人很斯文，内心很慌乱，他们还有别的想法，他们思维的外延越来越广泛了。

我能看见人们的内心，我了解人类已经多于从前许多了。

我赶快离开了酒吧。有些地方就是让人赶紧离开的，譬如火车站、飞机场、某些贴着红砖墙纸的高靠背座椅的餐馆，还有，就是酒吧。

我走进那条斜街，这里有以前的一个道观，改装成了茶屋，宁静清雅中透着烦乱世俗，好看，古旧，但仍令人想快些离开，因为是假的。

我一路胡思乱想，我总是这样，在用剩下的时间发呆。空着，也是生活里的重要部分，我以为。

想起曹雪芹与康熙

严冬冗长的萧瑟暗夜，我愿意是大多数人中的一分子，将猎猎冷风和纷乱的心态关在窗外，躲在静谧温暖的小屋里做自己想做的事。

今晚，想把曹雪芹与康熙联系起来，这缘于不久前对《红楼梦》的再次阅读。间或读了作者传记，渐渐产生了对康熙的好奇与探究。

那个离我们似远似近的17世纪60年代，中国上空闪耀着一颗夺目的帝王巨星——爱新觉罗·玄烨，即康熙帝。玄烨在幼年时曾有位感情甚笃的乳母孙氏。孙氏精心将玄烨哺育成人，正如曹雪芹云："偶因一着巧，便为人上人。"这位孙氏恰恰就是曹雪芹曾祖父曹玺之妻。自此，曹氏家族自曹玺起至儿子曹寅便受到了康熙的特别照应。曹家也历任江宁织造及两淮盐法道，直至曹雪芹父亲曹頫，都是康熙内定为世袭的。

江宁织造，当时主要贸易为出口丝绸，可谓一巨大肥缺，那么，康熙为何不将这个美差派给皇亲本家呢？先看看康熙六次南巡，其中四次为曹府接驾，这巨大的恩宠和无上的殊荣并非随便能降临到与康熙非亲非故的曹府的；曹府为康熙建造新殿，承担开销，花钱如流水，康熙对曹家接驾及生活的奢靡却总睁一只眼闭一只眼，这其中究竟有何更深的缘由呢？其实，康熙早已暗中指派了曹家为他长期充当江南耳目。一为联络安抚各界幕僚及明末士大夫，二则秘密监视反清分子动向，也就是说，康熙让曹家身兼明暗二职，比起将此任交给当时政权争夺激烈的皇室人员，要稳妥得多。康熙对于曹家算得上皇恩浩大，曹家也对康熙肝胆相照，这便是康熙的极高明的政治手段之一，也是他对曹家经过多年观察加之孙氏乳母的情感成分，便有了对曹家不同寻常的信任的真正缘由。

曹氏家族不负皇帝众望，多年来做了大量让皇帝赞赏的事。他们积极联络文化艺术各界名流，经常举行诗赋绘画交流，这曹雪芹自小耳濡目染，《红楼梦》中涉及的诗词场景之多，辞藻之美早已是有目共睹了。另外，曹家还为康熙密报过不少奏折，使皇帝随时能掌握南方各个层面的大小动向。当时，康熙曾多次对曹頫的奏折批注：“小心、小心……”

曹雪芹自小生长在这般显赫的温柔富贵乡中，有享用不尽的荣华富贵，但在康熙四十八年，皇二子胤礽派人在曹寅处取银八万五千七百六十两，这笔巨大亏空，曹家从此未能再补上，正是这笔债务，雍正时被列为曹家的主要罪状，也是曹家被查抄的主要原因之一，这是后话。

那时的曹雪芹，虽是个十几岁的孩子，也正是当时宝玉般大小，他天资聪慧，情感丰富，又是曹家唯一的继承人，这与他笔下的宝玉是那般近似。家道的逐步败落，以及经历巨大贫富动荡和世事变迁，对他产生了难以言表的振动。

康熙驾崩后，即位的雍正可是铁腕人物，他没有父皇仁慈，对同母所生兄弟也不放过，更何况与康熙有着不寻常交情的世袭几代的曹家。他查抄了曹府，没收了曹家所有财产，给曹家立了若干罪状。此时的曹雪芹也如一片落叶，随着家族败落下去，正如《红楼梦》开场那句："满纸荒唐言，一把辛酸泪。都云作者痴，谁解其中味。"

曹雪芹的人生经历真正不亚于《红楼梦》所述之事，让我慢慢循着历史的遗迹追溯故事背后的故事，也让唤醒我思维的生命渐渐发出了新芽。

习习风吹

——给散文家习习

风在秋天的四野吹过时间。

她在凌乱而又舒适的背阴小屋，有意无意地侍弄着什么。她不一定在读书、在写作、在构思，她可能绕着一团毫无用场的陈年毛线，嘴里哼唱着蔡琴或麦克尔·波顿。那只猫咪跟着她来来回回舔着她的脚踝——一只每到凌晨便钻进她被窝的小可怜儿。

此时，我正坐在办公室的窗边人在曹营心在汉，目光呆滞、面容憔悴，游丝高低飘飞总是不能沉稳地落在地面。

——我们总是以这种情形在同一座城市的东西两端消解着四季。

一年前，她终于让自己随意自我起来了，这缘于对文字的痴迷。文字使她改变了命运。她不必再起早贪黑挤车去5里外的城乡交界处斜坡上的学校，像一只辛勤的蚕，边吐丝边作茧，她纤弱苍白的面颊怎么也红润不起来，而食量却很大。我说："要少活动，多待着，养肉。"她说："吃死都不长啊。"我说："没良心。"我们就嘿嘿笑着，走在长长的污水沟边，偶尔有一头牛或几只鸡也走着。

那是有些晦暗不明神秘涌动的一年。那一年，她将一些散落疼痛的时光碎片、一闪而过的童年的影子快速抢救回来。那些影子渐淡渐远却如影相随，视线模糊却凿印很深。那块撕开的伤疤被她抚摸着，是多么疼痛的温存。她写"积肥"、写"洗澡"、写"吃驴肉"，"记得隔壁院里的东东有次在我们院里拉屉屉拉到一半，硬是被他爸爸款款地抱到他们院里的茅厕里"。那一天，"满院子飘着馋死人的肉香，哪里敞开嘴巴吃过肉呢，我们拿了小板凳坐在一块儿，专注地一丝儿一丝儿撕着吃……姐姐突然傻傻地问：'爸，驴呢？'"泪水会悄声涌出我的眼眶，为姐姐的那句话还是为那只驴，也许更是为满院子营养不良的小鸡一样的孩子们。

童年，令她疼痛的影子。

每每说起我的童年，她就尖叫："再说你啥呢，你是部队子女，老在班上用豆沙包换我们吃烦了的包谷面马蹄子，还成天穿我们羡慕死的黄军衣！"

春日里，我们徜徉在城市繁华路段，她边走边感慨："看看，现在的姑娘，发育得那个好啊，衣服搭配得那个协调啊……"我说："是啊是啊，就把你给亏了，吃没吃上穿没穿上的。"

其实，更让她觉得迥异的是我们的父亲。她羡慕我爽朗幽默又娇纵我的父亲。她总说："你有个天底下最最好的爸爸，而我却没有。"我说："那你有个亲切温暖的妈妈啊。"那时，在青春期，和母亲常常闹僵，谁也不让谁，总会摔得一地碎瓷，而她却可以尽情地跟母亲说悄悄话，被母亲护着、疼着，才叫我羡慕呢。

若干年后的深秋的一天，落叶又开始在脚下翻卷着四处逃窜。一条街道旁，我们都累了，站在路边茫然四顾，忽然，她抬起手，指着眼前一辆公交车喊道："我妈！"

一个手握一只熟玉米慈善白皙的妇女正要抬腿上车，眼看车就要启动了，可她却还站在原地发呆。

我忙喊："快去追！"

她跑了上去……

那天，我们都醉了，然后我们大笑，然后我们大哭。

几个朋友见了，纳闷这两个女人怎么了，而只有我心里明白：她秘密失踪多年的母亲出现了！

她的母亲告诉了她现在的下落和生活状况。她长长吁了口气。这些年，没有母亲的日子对她来说是多梦而又恐惧的。她会赶来急急对我说："不好，昨晚梦见我妈病了，病得很重。"我开解地说："梦都是反的。""我多想她啊。"她说，"可她就这么撇下我们一声不吭地走掉了。"

上中学时，一次去她家里，她的母亲用整个下午在厨房里做饭，而她的父亲始终在另一间屋子里看不清面孔。她领我悄悄钻进她和姐姐的小屋，食指竖在噘的嘴前，小声说："不要大声笑，父亲不喜欢听，他只喜欢听弟弟的笑。"是啊，家里就一个弟弟，漂亮又聪明，谁见了都喜欢呢。那天，我就领着她的弟弟去院子里了，还用兜里仅剩的零钱为他买了根冰棍，他高兴极了，一个劲儿地叫我“好姐姐”。可是，现在他又在哪里呢，还记得曾经幸福的童年吗？

我们就这样默默流着泪，任凭冷风慢慢吹干面颊……

当我们收起羽毛停下飞翔，穴居在各自的角落，静静守候着文字，我们变得愈发少语沉静了。这一年，她写道：“两个身穿黑色长及脚踝的麻质风衣的女人，同时出现在街头，让这个城市突然落下两只风韵犹存身份不明的黑乌鸦，黑乌鸦一律围着长及膝盖的灰色围巾，冷冷地从街头飞过……”

那一年，她去了额济纳、去了秦直道和北石窟寺。我在一侧目睹着她渐渐蓬勃起来的状态，终于释然了。接着，我们一起去了郎木寺、古城乡、肖金……

夜晚，在郎木寺，坐在农家小院，望着辽远的月亮和落在肩膀上的星星，想着各自的心事——那些甜蜜、酸涩、难以言表的与春天有关的事情，被我们带到了远离尘嚣的草场和溪水旁，悄悄藏在了白龙江的源头。

在天葬台的路上，我们依然沉默着。方向就在眼前，可怎么也接近不了——这是秘密的宿命，我们都不道破，怕一说破一切就都不灵了，那么，究竟是什么会不灵呢？那么，又有哪些会灵验呢？比如，她的那个梦我说是反的。比如，我们的哭我们的笑或许是未知岁月的谶语？

她疾步走在前面，远远落下了我。蓝色小花怒放四野——它们在一千年前也这样开着吗？我想。此刻，一个灵魂正在一只鹰的身体里节节上升，鹰群在我们头顶盘旋或落在松杈，一切所发生的都是个意外，包括将要发生的。我相信冥冥中一个手势，它肯定预示事态的更变。

那段日子，我们各自的感情在城市的血管里风雨飘摇，好不容易燃起的情感之火开始左右摇摆扑朔迷离。我曾静静祈祷，希望我们能得到真正的爱和注视，她似乎得到了，又似乎要丢弃了。那手心攥不住的小火苗，我想使劲替她捉回来，一点一点地捉，一次一次地努力着，比寻找自己丢失的情感还要用力呢。

我眼睁睁看着人总这样丢东西又找东西，几乎一生都这样度过了。最宝贵的东西失而复得又得而复失，长此以往，就须将内心阻塞的部分打开，那个出口，就是文字。我想。

我们又退回到文字里，各自听着内心的低诉。像钟表的滴答："那些表走不动了，死去了，身体犹在，已不表示时间……表的死去是有先兆的，在最后的几天，那只表疲惫地走走停停，如同一个病危老朽的人。父亲说钟表也是有命的，多亏它走的是个圆，要不然它们滴滴答答要走到哪儿去呢？"

我们究竟是钟表里的哪跟针呢，是坚定有力地往前赶路，还是走走歇歇有时需要另一根发条？一天，我在抽屉底层发现了一只旧手表，只剩半根表带了，落满灰尘，已停止了心跳。它停在一个时间，像那个时间的楔子，扎得很深。我早已离开了那个时间，又离开更多的时间。此时，我倒更像一只不停前行的手表，而那只表，多么像停在过去某个时刻的我。

时间，像风的手，拂过我们的脸，留下皱褶。我们的脸，已开始渐渐被岁月毁坏了，而感到疼痛的却是心。

那期间，她写《一些事情》《穿梭》《亲人》《流年》……似乎要把时间的刀子在薄脆的纸上留下刻痕。

一个低头向往远空的女人，以低调的姿态做着并不低调的事，俏也不争春，任由风儿习习吹过。

夏天了，万物热烈而躁动，人们裸露着身体左右穿行，我们多少有些惊慌失措。我们在街边的台阶上静静坐着，不远处，是我们的两个孩子，已经不像两只小蝌蚪了，他们和我们一样高了，两个翩翩少年也有了自己的秘密，正在窃窃私语。忽然，一阵狂风刮过，人们四散而逃，我们却无处可躲，仍呆呆站在原地。两个孩子早已钻到了背风处，尖声笑着："瞧，我们的妈妈，多像两只树懒，哈……"我们互相看了看，也忍俊不禁地大笑，我们的头发已经成了连根拔起的树，在风里找不到自己的位置，找不到一棵树的家。

记忆的尘土，雕刻的灰

——悼画家韦尔乔

这些轻薄的纸，一碰就会化掉的灰，暖黄、柔韧、寂寥地一张贴着一张，这些来自天国的信笺，须轻轻翻检，屏息审视，仍担心会飘飞……

墨迹洇开了，渗破了纸张，纸面溢出了血。磨损的边沿，散淡的若有若无。轻轻翻看韦尔乔原作，已是几年前一个阴雨的午后。不久，我的朋友说要去探望尔乔，说尔乔已时日不多。半个月后的一个上午，我收到了一条静悄悄的信息：“尔乔走了”。

——这么快。

又开始读尔乔的画，却有了不一样的情志。

那些穿中式大褂的男人，袖着手，立于寂静的空天，旷久地等待。那些孤独顺从的男人，透着无助和绝望，但已归于宁静。人是越来越小，天空越压越低，尔乔吹了吹手心里落下的尘土，那些记忆的尘土，雕刻的灰，哗哗落下的黑白时间，它们停在某个瞬间，或许他也不知道，那些降落深藏的谶语。

一只蝌蚪，惊心动魄地划过一双眼睛，画面上的眼睛也惊异了，尔乔禅意地释放着东方哲学的痛楚与唯美，这个没受过任何专业绘画训练的心脏内科医生，在值班室里，一个人，穿过离死亡最近的漫漫长夜，他应该干什么呢？

他把病例纸翻了过来，用开处方的蘸笔，在印着小小肺叶的处方单的背面，信手作画。

我的童年，曾用处方单当过练习本。我的四则混合运算题都是在处方单的背面练就的。我的数学一直很不错，我深深痴迷于迷宫般的数字游戏，对几何图形的立体想象也乐此不疲。那些肺叶顶在每一个数字和线条背后，每一步运算都不得不严谨缜密。那时，我的铅笔刀是一把锋利的手术刀，不锈钢刀柄，稔熟飞快地更换刀片，削尖一大把HB铅笔，开始一遍一遍地做题。初中时，数学曾考了全班第一，当了三年班长。

尔乔先生在我如此熟悉的纸上作画，那些英文和拉丁文都是他精通的，他把它们随手签在一边，像某些手术的缝合针脚，抖抖的，有些疼。

我在玻璃天窗看过父亲做手术，父亲经常在夜里上手术台，一站就是八小时。父亲左手一伸，啪！止血钳，再一伸，啪！镊子。父亲飞快流畅地操作着，动作果断利落。

放暑假时，趁大人不在家，常常翻看父亲的《外科学》和《烧伤整形外科图例图解》，很多手术案例和术前术后比照图片，一台手术的操作过程和意外情况紧急处理办法我都牢记着，缝合刀口的针法我也在枕巾上练习过。父亲发现以后，严禁我再看那些书，给书柜上了锁，他沉下脸："那些血糊糊的东西，女孩子看了，不好！"

医生的惊恐，在那个时候，我是不能懂得的。

尔乔常常一个人坐在值班室里，夜，开始凝滞。疼痛、幽暗、来苏水、愈发微弱的呼吸……黑暗中弥漫着通灵的气息，这个时刻，捕捉瞬息的惶恐、冷峻和绝望……尔乔穿行于重返人间或撒手人寰的虚实之间，他的笔下一点一点地生出了莲花。

90年代初，我读第一版周国平的《妞妞——一个父亲的札记》，决定不再碰此书。后来，此书连续再版，尔乔也为一本再版书配过插图。他是怎样忍受着刀割般痛楚的文字，为一个孩子早夭的全过程配画的呢？

《梦游手记》——一个医生的画与话，那些梦魇般的阴暗与压抑、死亡与重生、禅宗的影子以及温馨的怀旧与感伤，是尔乔支离破碎的感受。一个医生看待生命，充满了趣味和忧伤——我们的生命是如此脆弱孤独，我们却浑然无察！

这时候，想起当年父亲对我的做法，开始理解和明晰了。

2007年6月30日，尔乔个人画展在北京798XYZ展厅开展。重病的尔乔却已然不能到场了。一个没有主人的会展，人潮涌动，《夏日最后的一朵玫瑰》低低迂回，有人开始啜泣，我在静默，一些释然，一些怅惘——一个生命已达到了如此的尊严，其实是值得骄傲的！

夏天过去了，冬天过去了，万物轮回，春暖花开。尔乔走了，倏然觉得，有一种灵魂我们都还不懂，有一种爱和死我们都还陌生……

就这样把“高级友”删除

一天清晨，打开电子邮箱，发现里面已存了800多封邮件。天！难怪最近总有人打电话说你邮箱堵了，发不进去。为什么在这之前我从未想要删除一下呢？其中绝大部分是作者来稿，该用的用了，不该用的也回复了；小部分是我的私人Email，一些约稿信、一些退稿信、几个挚友的嘘寒问暖。

人生其实是一道减法，要善于舍弃。我想起了这句话。我决定先从删除邮件开始。

自最后一栏一封封倒着往上推，几乎每一封都具有可删除价值。一会儿，我的鼠标停留在了一封信的内文上：“飞天，很想念你，这几天在新加坡出差，等回广州再给你去信，或QQ上等你。帅哥”

什么，我曾叫过“飞天”？在网络上跟一个名叫“帅哥”

的人套过磁？没错，想起来了，我的确曾化名“飞天”与帅哥聊了一个下午，还给他留了我的邮箱及QQ。

鼠标停留了片刻，这时，我又发现他发自不同国度的几封Email，内容大致相仿，只是新加坡变成了新西兰、新奥尔良、新几内亚、新……

对了，我刚刚看过一篇文章，说，衡量一个男人是不是“高级灰”要看他是不是“空中飞人”，或者是出差，或者是度假。“高级灰”打“波音”的，口头禅是：“我刚从纽约回来”“我在巴黎的时候”“下个星期可能还得去一趟芝加哥”……周末，“高级灰”会穿上登山鞋，涂上防晒霜，背上一个装有地图、指南针、瑞士军刀、创可贴、消炎药的旅行背囊，兴高采烈地回归自然，为山清水秀的田园风光所激动。

有这么一个流传很广的故事，大意是，一位城里人到山里“野外生存”，深为田园风光所动，他娇滴滴地问老农：“你真的一生都住在这可爱的山村，终日流连于重峦叠嶂之中，穿梭来往于花草树木之间吗？”老农回答说：“俺可没空，不过，俺家那条狗倒是天天这样。”

我决定删除“帅哥”，让他消失在虚构的网络世界里，也消失在我已经极少的生活内容里……

关掉电脑，铺开信纸，我拿起了笔，开始给一个真正的农民作家写一封无处可寄的信，因为我们已经失散十年了。十年后的今天，我在《读者》（乡村版）上看到了署有他名字的散文——《在田地里闲逛》。他说：“在田地里走得多了，会看到有这样一种景象：有不少农民虽然说是带着农具下地，实际上到了地里，他简直就没干多少活，只是扛着农具在田地里逛，与逛风景没有区别。这叫人有些不可理解——他是个懒汉吗？……农民觉得，庄稼像一群小羊，你把事情做好了，然后吆喝一声，它们就整齐地往上长，多带劲啊……人老了为什么不愿意再去人多热闹的城市呢？他们更愿到地里去，哪怕什么事都不用干了，就在地里坐一坐，也很舒心呢。”

一个农民，一个“高级灰”，我留下了农民，删除了“高级灰”。我想，那片田地才是有意思的，踏实的，有抓有挠的，就像一点点有分量的日子，苦苦的，耐人回味，而我却无法知道它到底在哪儿。

轻柔含蓄不浮躁的假

我，我的女友，我的另一个女友，和她的妈妈，和她丈夫的妈妈，就是她的婆婆，我的女同仁，和她的大学同学们，还有，我孩子的奶奶，我孩子的姨妈，这是我知道的身边的韩剧观众，我不知道的就举不出来了。

最近，央视八台每晚十点播《黄手帕》，100多集，其实这片子以前在地方台也播过，因为角色面熟，一直没搞明白谁和谁是什么关系，之间又有什么三角四角的关系，这回从头放了，就每晚卧在床上一连三集，看得两眼粘连，半梦半醒的，却仍不离不弃。很弱智的情节，弱智的表演，我还跟着一起哭，一起笑，我这是怎么了？前两天主人公的母亲猝死，我跟着啜泣了两个晚上，费了不少纸巾，我这是怎么了？

换台转了一圈，每隔几个台就在播一个韩剧，我的床头放着要读的一些书，有的读了一半，搁下了，有的是阅读计划内的书目，却还没翻开过，是韩剧抢走了我可怜的读书时间。

我的女友说，她妈妈每晚看电视觉得不过瘾，想快些知道后面的情节，就上街买了光碟，三天看了100集，家里饭也不做了，一见她就追着说韩剧里的婆婆媳妇怎么做泡菜怎么买洗头膏之类的。女友的妈妈我也见过，是个资深报社编辑，老派知识分子，风度好得很，暗中将她设定为我老年的模仿对象。

以前，韩剧我连五分钟也看不下去，那些设计虚幻的故事，那些丑小鸭变白天鹅的老套，那些看似合理的隔代复仇，那些羞羞答答的恋爱，那些夸张的表演和中学生样的配音，一听三句话，就知道后100集要干什么。就是在今年上半年，无意中看了一集《百万朵玫瑰》，并不专心，反正知道他们要做什么，有一搭没一搭地看，边看边干别的；第二天，又开演了，还是有一搭没一搭地看，每个情节明明知道都是戏剧化设计，设计得还挺巧妙，还挺不露痕迹，甚至有些丝丝入扣，不像国产剧，为了一个情节的牵出，为了抖一个包袱，可以设计出十分恶劣的前奏，愚蠢而又粗俗。而且，韩剧里每个角色的服装也十分地舒服，色彩搭配合理，尤其发型、化妆都很讲究，自然天成一般。

我坐下了，看着每一个镜头、每一个细节，甚至他们的餐具、他们的桌布、他们餐桌上的菜肴……可能，这些就是韩剧比较吸引女观众的地方吧，那些絮絮叨叨的生活小节，婆婆妈妈的针尖麦芒，见面鞠躬行礼，礼尚往来的让中国观众有些不习惯的礼数，的确让我得到了享受、休息、放松，甚至催眠。

我在想，韩国人至今仍那么克己复礼，那么注重礼节，哪怕很时尚的新人，哪怕仇人见面，也那么讲究礼仪，这些孔孟之道应该是我们伟大的礼仪之邦的优良传统啊，但我们已经将这些礼数丢弃了，丢得无影无踪了。是因为改革开放？忙着抓经济，顾不上讲礼仪了……不对，韩国在20世纪70年代就经济改革了，比中国还早。那么，是“文化大革命”闹的？对，革的就是文化的命，那时候孔老二可不是什么好东西，我们学校还开大会批判呢。再往前追追，好像解放战争和抗日战争年代，也都忙着保家卫国，哪有工夫讲究鞠躬作揖呀。

画面倒退，中国100年来，不断地井喷式地革命，人们忙坏了，累坏了，人们开始丢东西了，丢就丢吧，反正是自己家的就不怕找不回来，反正在自己家里搁着呢，就不怕再搁几辈子。

国产电视剧也在热播，那些疯狂、色情、凶杀，那些暴力、欺骗、利欲我早看够了，没有获得美好生活的暗示，我厌倦了。说到底，韩剧也是无聊也是假的，也是令人厌倦的，但相对而言，它还有美好的生活假设，同样，都是假，就选择比较轻柔含蓄不浮躁的那个吧。

城市里另一些花儿

又一次被粉妆玉面的中性小生给懵住了。

第一次是在20世纪90年代初，单位包场了《霸王别姬》，张国荣的经典演技让我对这个早已红透半边天的“香港名伶”第一次真真切切地刮目相看了！

泪眼和神智模糊地走出剧场，旁边有人叨咕：“啥破电影，乱七八糟……”当时真恨不得反手抡他一拳。那人是平时厌烦极了的一位同事，世俗而又自负，这类水准的艺术电影他怎能消受得了呢？

今年上半年，时隔十几年，又看了一遍《霸王别姬》，那些钻心的台词，张国荣忧郁流连的顾盼，仍叫人泪水盈眶。

好像这个世界上总会隔些年生出一位绝顶美艳的少年郎呢！

又一次被粉妆玉面的中性小生给蒙住是在《王的男人》开场不久。那个风情万种、顾盼神飞、精美绝伦的男子，点绛唇、描美目、柳腰轻摆，这个由李俊基饰演的艺人孔吉，在朝鲜第十五代王燕山王君时期，怎能不让荒淫的王心猿意马呢？

孔吉的搭档暴烈威猛，始终用自己的生命守卫着孔吉，他是一个暗自钦慕孔吉、重情重义的汉子，面对的敌手是性情多疑变态的王。三个男人的宫闱之争，将这部电影归入少儿不宜的类别。

皇宫的殿堂，华丽是华丽，但剧情与思考均不敌《霸王别姬》深邃震撼，唯一可与《霸王别姬》媲美的就是这个眼角流出女人也流不出的摄人魔力的李俊基。这个年轻美少男，单眼皮平直地滑向世间，却是要多干净有多干净！

我一直是一个不容易被演员的外表轻易迷惑的观众。我要说的是李俊基的演技。我总觉得他不是在演戏，那个孔吉就是他，他就是那个孔吉。他的一颦一笑，忧郁乖顺的性情，哪个男人见了都有想保护的欲望。这个已经突破了性别禁区的狐媚角色，像无人之境的一棵孤零零的盛开的樱花。

在北京街头，偶尔能见到穿着时尚考究，面容白俊柔媚的高挑男生，他们的气质里带有非同常人的味道，走过去了，忍不住会联想——这个城市里的另一些花儿……

亦正亦邪亦是爱

我一直有用铅笔写字的习惯，用铅笔写信，用铅笔写诗，握着铅笔读书，床头上和电脑旁始终放着削好了的中华铅笔，2B的。

日本作家渡边淳一也有同样的写作习惯，用可靠的木制品包裹的铅来写作，只有写字之人才知道它的美妙。更美妙的是，渡边先生是竖着写的，用更黑一些的4B铅笔！

他用了多少根铅笔写完了《失乐园》？直到把两个爱着的人写到了死？让两个那么端庄、矜持的成年男女走向肉体和伦理的毁灭，是需要太大的才能方可把握得住的。

死，在《失乐园》里是容易被理解的。两个有家室的男女相爱了，他们应该怎么办？在那个被大海包围着的岛国，那个与生俱来的充斥着绝望精神的民族，应该怎样对待自己的爱情?

尤其是一对中年男女，在婚姻之外的性爱里得到了渴慕的恋情，像两个注射吗啡成瘾的人，不顾一切，身后的舆论、世俗、环境、流言一点一点将他们囚禁在一个极小的栅栏中。

如果说年轻人的爱是纯洁的，但是中年人为了爱抛弃了很多，背负着更多负担还能获得爱，那是更加纯洁的爱。

在电影《失乐园》中有这么几句台词：

男主人公："你喜欢我什么？"

女主人公："你那不能自制的淫荡。"

"你喜欢我什么？"女主人公。

"你又正经又淫荡。我就喜欢你亦正亦邪。"

我说过，他们是多么端庄、矜持而又隐忍的两个人，他们被深入骨髓和巨大的难以名状的幸福摄住了，最终，他们为了保鲜这份爱，选择了一个残酷的但却智慧的方法——为避免爱情的毁灭，先将肉体毁灭掉。

我始终不会单纯地认同他们是迫于各自家庭以及社会舆论而走向绝路的，渡边先生在情色描写的外表下，纠缠着人类眷恋和恐惧交织的绝望——死，是人类最大的恐怖，能够与其顽强对抗的只有爱。

死，是为了让爱情不死。

说说娄烨的《颐和园》

近来没有完整地看过一部片子，《颐和园》分两次才看完，气息就有些隔断，但也没有完全分开。这种接近于纪录片的电影，我总是具有充分的耐心和情绪；对于混乱、跳跃、绝望、无措和疯狂都是那么熟悉而并不遥远。女主人公余红没有多么与众不同，这恰反衬了一个人的生动和真实的质感，甚至在涉及“89学生运动”，她仍然迷乱于自己的情感癫狂中，而将那场运动作为一个行进当中的巨大背景。我所震惊的并非这些，而是主流至今回避的那段历史，被导演娄烨这样安排出现了，对这个导演另眼相看不是现在，在看他的《苏州河》时，已发现了他才华的端倪。

《颐和园》到了后半部，越来越浮现出陈可辛《甜蜜蜜》的画面，包括情节，包括男女主人公即将发生的会面，而娄烨不是陈可辛，陈可辛也不是娄烨，他们的表现手法完全不是一个路数，有一些重影，但没有重叠，结果就大不一样，艺术效果也几近相悖。陈可辛的《甜蜜蜜》的结尾更加抓人，更加赋予艺术作品温暖和感动，而娄烨却不，娄烨的冷酷如同生活的冷酷，毫不留情，毫不手软。余红和周伟十年后重逢，十年的爱只有面对时才会发觉那么苍白，巨大的时间隔阂在现实面前，经不住烟火的熏染，我们也有过被时空隔离了的同时，被岁月损害了的爱情。电影的结尾恰是生活的结尾，那么冰凉、孤寂而又难以摆脱……

越爱越坠落

——电影《蓝宇》和《洛丽塔》碎语

关锦鹏在寻找小说《北京故事》作者时费了不少周折。这部从未在大陆纸媒发表过的网络小说，事实上也不可能被文学刊物刊出。他们的版权成交很迅速，作者是个女性，根据一名叫做“陈捍东”先生的口述，撰写了反应边缘人情感生活的《北京故事》。陈捍东先生也不想露面，并且不要任何报酬。

陈捍东先生讲的是他和蓝宇的故事。

是在蓝宇死后——

20世纪80年代末90年代初，中国还在疼痛地褪壳，不太华丽的外表下挣扎着依然变态的转身。

捍东和蓝宇遮蔽在势如破竹的经济、文化角落里，开始了鲜为人知却鲜活疼痛的历程。

——他们相爱了。

这部中国第一部真正意义上反映同性人情感生活的影片，被香港导演射中的同时，我不能不说说关锦鹏。

足以在香港演艺圈书写一本“少数派报告”的导演关锦鹏，坚持拍女性题材艺术电影，公开承认同性恋身份，梦想与相恋19年的男友结婚。

《女人心》《胭脂扣》《阮玲玉》《红玫瑰与白玫瑰》《蓝宇》《长恨歌》，一路关注着他的影片，就像关注李银河这些年义无反顾的研究。李银河在“两会”期间再次递交了《同性婚姻提案》，毋庸置疑，她的希望再次落空。

我要看看，这个浩大国度的文明进程，在某些领域哪怕停滞不前、原地踏步，也会像莲蓬一样，一点一点浮出水面，美丽自己的美丽，不妨碍其他。

又要落到具体的人，具体的捍东和蓝宇们。后来，真有人去查1989年~1990年清华大学死于车祸的学生名单，竟然果真有个叫蓝宇的！

那么，捍东呢，捍东现在何方？

蓝宇死后，他的悲痛崩溃了，我也流泪了。影片戛然而止，留下阴重的浓云。

情感终是承受不起，像生命里无法承受的轻。

2002年，布什在即将访问俄罗斯时，为了充分准备，在读陀思妥耶夫斯基。赫鲁晓夫的外孙女妮娜·赫鲁晓娃在美国媒体上说：“他应该读纳博科夫，因为那才是俄罗斯的未来。”

“洛丽塔，我生命之光，我欲念之火。我的罪恶，我的灵魂。”

我相信，当纳博科夫在写下这段文字的同时，洛丽塔已被他含在了嘴中，触摸着他的神经和细胞，钻入大脑的最深处。

纳博科夫爱他的洛丽塔，就像所有的作家都会爱上自己笔下的女主人公。然而，纳博科夫更像是洛丽塔的父亲，真正的创造了她的血肉的父亲，不但赐予她诱人的身体，更赋予了她独特的灵魂。

这恐怕是所有男人的一种幻想和安慰剂。

电影《洛丽塔》的另一个中文名为“一树梨花压海棠”，很具有中国特色，又非常贴切剧情。

苏东坡当年调侃词人张先80岁时娶了18岁的小妾，道：“十八新娘八十郎，苍苍白发对红妆。鸳鸯被里成双夜，一树梨花压海棠。”

你看看，这个译名要多精准就有多精准。

精准归精准，但我还是觉得这个名字太中国了，不论从视觉上还是从听觉上，都有一种穿着汉服踱着八字步说着欧洲人的情色的感觉，不伦不类的。

年少的人是读不太懂《洛丽塔》的，就像年纪过轻的歌手演绎不好爵士，经年陈酒之所以耐人寻味，那是时间落下的滋味，需要漫长和等待，需要痛楚和超然。大多中年以上的人喜欢《洛丽塔》，我想，吸引他们的不仅仅是来自少女危险的情色魅力，而是只有中年人的生理和心理，才能忍受纳博科夫在自己身上踩过去的不可告人的疼痛。

做一个爱玩的诗人

在我的旅行箱里，一直放着游泳衣和游泳帽，它们常年处于准备状态，其实，它们的使用频率很低。去年冬天，在北京东大桥陈经伦中学游泳馆，水很好，人很少，来来回回地渡，终究没能打破二十二个来回（当然不是一口气）的个人纪录，不过，这也算是对它们的一次不小的馈赠了。昨天，中国乒乓球队又捧得了48届世乒赛斯韦思林杯，我盯着直播到结束。在我的旅行箱里，还有一把乒乓球拍，也常年处于准备状态，但是它的使用频率更低，几乎为零。这几年我很少有完整的时间去游泳或打场乒乓球。在我九岁那年被省少年乒乓球队选为专业选手，同时，全市挑选十个体操队员，教练说我胳膊直腿直，我的一串空翻显示了不错的柔韧度，我被挑中了。我想两边都练，上午，我对着白墙抽球一千下，下午在平衡木上打大跳。一天，我爸到体操房外看我，我正双手握着一根齐肩宽的绳子，从前面举过头顶猛地跨到后背，这是一个很疼的柔韧动作，我爸几步冲进来，一把把我拽回家，再也不让去了。我的体育梦破碎了，可我不能不玩，我就在游泳馆里站在跳台上“跳冰棍”，有人告诉了我妈，我妈用笤帚疙瘩打青了我的屁股。这些都是很多年前的事了，现在，我退而求其次，最热衷的事就是锁定体育频道，整夜看各种比赛实况，还要有一瓶啤酒！如果有人问我人生的最高理想是什么，我一定会回答：“躺着，看体育5台，啥也不干。”

看上去我是一个体育迷，可也有人介绍我为诗人，体育运动讲求精、准、简约，似乎和诗歌不无相通之处。那么，为什么我常常会看到繁赘的形容和比喻的句子，我费力地剥开外壳，想找到它的本质，很多时候，我没有找到，就有些失望，对阅读抱以了谨慎的态度。还是缘于对体育境界的理解，我更倾向于“极简主义”，极简主义的至境是“大象无形”“大音希声”，我希望，诗歌的最高境界也是如此。

当我坐在看台上，审视着场上的选手，就像站在远处审视自己，我把我当作别人，试图看得清晰，像一个旁观者，不时发现另一个“我”。她怯懦、多虑、忧郁、故步自封，她也冷静、敏感、多思、桀骜不驯。这是我愿意尝试的一种写作方式，我的姿态开始逐渐降低，像一个选手，贴着地面，辗转腾挪。

让心继续下沉，会更清晰地看到每一天、每一个人；他们老了，失去了亲人，怀揣着悲伤默默地活着，他们在日子的阴面或阳面劳作，他们都是选手，他们生育、哺乳、流泪、笑、叹息、做梦、沉默、绝望、无奈、爱、失去爱……“活着其实什么也不是，它可能是琐碎的、平庸的、毫不起眼的，但它却是诗歌的血肉”。帕斯卡尔的这句话，让我禁不住又要对诗歌三鞠躬了。

布尔津究竟在哪里

八月份进入新疆可谓最佳时节。

瓜果熟了，但我并不是冲着口欲而去。遍野绿草，我也不是为那旷世美景前往。那么，我为什么要去新疆呢？当时，我不知道。

我去了。2003年8月下旬，一些空茫和一些愉悦。因从未抵达过而有了无名的愉悦，又因没有任何目的而一片空茫。

由南向北，穿过准噶尔盆地，一只蚂蚁爬过一个大沙盘，在沙漠腹地，已是星光点点。满天的星宿我是陌生的，我从未见过苍穹之中如此闪烁迷离的眼神，透彻、清凉，像一柄柄刀子。被它们注视得手足无措，我低下了头。在城市昏黄的夜幕里住久了，头顶上从来没有穿透灵魂的光束，我不敢再轻易抬头。

又冷又饿，在第18个小时，终于穿出了大沙盘准噶尔。夜里两点，抵达了北疆小城——布尔津。

这是另一个陌生的名字。一个异域风情的神秘称呼。它的发音和字体都属于不同寻常的人群，有着不同寻常的来历。它被夜色大片地遮蔽了，它在人类的另一端安然熟睡，它并不属于我，它与我互不相识。

它甚至也不看我，虽然，我的双腿和周身像灌满了醋，酸痛难耐，我那么大老远赶来，是为什么，我还是回答不清，就像在一个平静的午后，我为什么看着一张发黄的相片忽然泪流满面，我为什么不会轻易被一根刺蜇倒，为什么还会生动地笑、虔诚地感恩、笨拙地思念，守住一丝轻薄的幸福，将它最大化？

这些，我都是回答不清的，我的路上有很多疑问，而且越来越多。

在布尔津，我被这座欧式的纯白小城暂时接纳了，被一种不安的安宁包裹着，我必须被它接纳，我别无选择。

路边飘来狗鱼和五道黑鱼的烧烤香味，我的双腿更加酸软无力了，被饥饿驱使着，坐在一个长条木凳上，维吾尔族大婶笑笑，没问我，就给我烤上了几条鱼。我还要了啤酒，我一条一条地吃着，她一条一条地烤着……

白色小城从曦光中一点一点清醒过来的时候，我已经启程了，我要找到这个漂亮女儿脖颈上的那颗珍珠——喀纳斯湖！

其实，《在这遥远的布尔津》是在那颗珍珠——喀纳斯湖的山坡上写就的。

一开始，我找到一个落脚的毡房。我的行囊不多但也不少。它们是我暂时的家。

紧挨着毡房，是一个斜坡。踩着松软的湿土、牲畜的草料、半截待燃的树桩和零星的动物的粪便，斜斜地走上山坡，我遇到裹着花色头巾的哈萨克挤奶妇女，她提着木桶走向一头母牛。不远处是搭在半山坡上的木头茅厕，粗拙但不失亲切。我的脚下全是经年松柏的枝叶，渗在土里，发出一阵一阵油脂的无机物的天然气味。

我坐下来，抬头仰望天空，一只苍鹰飞过，一片苍凉轻轻划了一下我的心。一股庞大的孤寂涌上来了，此刻，我究竟是孤独还是充盈，或是二者皆有呢？

一个人坐在浩瀚的天边，脑子里一点一点挤过来几行字，“亲爱的，我多想你/在这遥远的布尔津……”

我用脆薄的记忆的笔尖迅速画过大脑的纸片，淡淡地画过，只保持不会被风吹散的力度。“天色渐暗/七匹棕马缓步走过，七匹棕马，不多也不少/一抬头/我就看见了一只盘旋的鹰……”

那是一些自白之语，场景与感受的浅显字词，原始的叙述，在既消磨又包容我的大自然面前，我只能老老实实，放弃形容——绚丽的词汇只会抑制飞翔。

我从一头牛的眼神里看到自然界特殊的力量，这头奶牛并不比一个人要轻易，它是被人类深深依赖的，当然，它也依赖于人，它可能不知道，可能知道，不说而已。它和它的主人都是缄默的，在缄默中淡定而知足，让我有了一种期待，一种被人依赖的期待。

在那个山坡，我得知了事物的另一些状态，看见了自己，虽然，她是那么轻飘、单薄、渺小，但那种醉酒后的深深的沉迷，让他知道了“布尔津”的确切位置——藏在灵魂深处的某个彼岸。

把看到的原封不动地说出来，如果，这就是诗；无须技巧，无须装饰，朴素本真的段落可以叫做诗的话，我愿意继续做一个诗人。

附诗一首：

在这遥远的布尔津

亲爱的，我多想你——
在这遥远的布尔津
天色渐暗
七匹棕马缓步走过，七匹马，不多也不少
一抬头
我就看见了一只盘旋的鹰
还有那只慵懒的奶牛斜乜着一个异地女子
——我在她眼里是怎样的呢？
她目光深邃、不露锋芒、一副不屑的样子
这样很好
我宁肯在她眼里渺小些，实际上
我的确比她渺小
她能用自己的奶喂养一家人
她是被人依赖的

我却不能

亲爱的，我多羡慕她

要知道

被人依赖着是多么幸福

只爱一点点

“不爱那么多，只爱一点点。别人的爱情像海深，我的爱情浅。不爱那么多，只爱一点点。别人的爱情像天长，我的爱情短……”

无意间听到巫启贤的《只爱一点点》，不知歌词碰到了哪根神经，愣了一下，又愣了一下，随手抓了铅笔头记下歌名，就去下载了。

现在，《不爱那么多》在我写作时一遍一遍地按摩我的情绪。这个来自李敖1974年在牢狱中写就的一首小诗，就那么两句，来来回回地重复着。这位“登徒子”一向以“唐璜情结”震惊四座，写下这首诗却唯美疗伤得很呢。

这么多年了，旋律仍是受听，巫启贤抓住了一点点爱的精髓，抖搂出经久不衰的曲调，巫曲——巫调——

昨天，我在阳台上做花农，手机在另一间屋子唱了，当然不是《只爱一点点》，是一段奇异的旋律。

手机里的人问："干什么呢？"

"挖花盆。"

"挖花盆干吗？"

"种花籽。"

"什么花籽？"

"牵牛、刀豆、葫芦、爬墙藤。"

"嗬！都是顺竿爬的种子啊。"

"对，我想让它们顺着阳台玻璃爬上去。"

"那怎么还在敲？"

"把结了疙瘩的土块敲碎。"

"那水一定要浇透啊，才发得快。"

卖种子的奶奶也教我了，说不用花钱买肥料，把坏了的食物埋进去就好得很。

我用炒菜铲子喝汤勺子做着这些，泡了一夜的黑的白的圆的扁的花籽分散埋进五个高矮不一的花盆后，又一遍遍将花盆擦净，满地泥浆拖净，洗净铲子、勺子，洗净手。泥土湿湿的在阳光下面，里面蓄势待发的隐喻给我带来了小小的成就感。我站在那儿看了看，又看了看，花盆光秃秃的什么也没有，却被我弄活了，还没现出原形，它赋予我耐心，我赋予它未来，我们之间隐藏着一截无声的暗语，这就有意思了。带着这截耐心走路、进食、睡眠、做梦、醒来，去花鱼市场，能巧合地遇见母亲，她也买了花盆，说一个什么花等着要分出来。一根草绳穿过花盆底部的漏水圆孔，绑了结，斜斜提着。

我们分开，各自行走，怀揣着一点点温暖，和爱。这些生活里的小事，我却不能把它当作小事，生命本来就小，因其而生发的事都应该是大事。我买了一个漂亮的圆形花篮，里面插满了康乃馨、马蹄莲、勿忘我和香水百合，第二天，我提着花篮上了梁家山，在一片尚未发芽的百合地里，我将这个花篮放置在那个坟茔前。十年了，我年年来这片百合地。像种子一样，我们把先人种进地里，世界本末倒置，自那一刻起，她在地下为尘世播下了红的、绿的、开花的、结果的、蓬勃的种子，我们竞相发芽、拔节……她在地里为我们浇水，花骨朵全都开花了，开花的纷纷结果了，就连我的后人也直逼1米8，我们的先人还在为我们浇水，“那水一定要浇透啊，才发得快。”这句不经意的有关种子的嘱咐，让我想再次感激些什么。

“不爱那么多，只爱一点点。别人的爱情像海深，我的爱情浅。不爱那么多，只爱一点点。别人的爱情像天长，我的爱情短……”负负得正，是不是爱情真正的意义？

练习怀旧

清晨，被时断时续的“布谷、布谷”声从梦境唤回尘世；好像还有另一种在山林里才能听到的鸟鸣。

天色迷蒙，万籁俱寂，真的是布谷在叫？

窗外树影葱茏，人行街道潮湿悠长，这几日一直在下雨，雨雾中偶尔有老人蹒跚走过，我也曾在雨里一直走。

这条夹裹在环路之间的植被参天茂密的“非主流”，令人流连。

或许有公交车报着站名停靠在人间——尘世的声音落在地面，多么温暖。

有很多时间没有这样握着笔坐在清晨往一张纸上写字了。我甚至找不到一张16开的稿纸。我写在一个巴掌大的采访本上，歪歪扭扭。

旁边烧着一小壶水，我已经提前给茶杯里放进了茶叶，是铁观音，这种紧紧蜷着只为绽放的叶片，和我一样在等。

我们在等什么呢？生活里毕竟有许多是需要等待的吧。以前，缺乏这个耐性，也不懂得“耐性”，就犯了不少也不小的错。

现在，则是从容沉静有加了，依然会不时担忧着。

水烧开了，有些混沌，还是倒进了茶杯。我可以喝也可以不喝；有人给我算出今年的幸运色是绿、黄、咖啡，忌白色；我可以遵守也可以不遵守。敢不敢再和自己作对？

昨夜梦境古怪逼真。现实中褪去的人物在梦里才显影。这个魔幻主义的世间告诫我：“在以后的岁月里，我会减去更多的东西更多的人吧，而我，也被别人减去，这是公平的，也真是轻松。很多的存在是不需要留痕迹的，更不需要重温的，在的，一直都会在，留不住的，注定会过去的。那就让它完全不留证据地消失吧。我想，这一点不影响我怀旧，一点不影响。”

——女作家洁尘替我说出了想说的话。

在看朱德庸的《绝对小孩》。

这个童心未泯的画家带来世间另一种温良的烟火。

好好在午后困倦迷醉的光晕里，离开一小会儿现实，寻找自己童年的影子和曾经脆弱的梦吧。泪水顺脸颊冰凉滑下时，脸上恰恰溢出了笑容……

我还一点一点辨认出了十三年前住过的和平里的那幢房子。

我的来路与去向每次不同，增加了追忆的难度。我从深长的记忆底层吃力地挑出线头，一点一点连接起来，还是不行。一个月，两个月，一年，两年。究竟过去多久……就在昨天，发呆的时候，猛然找到一个正确的坐标！依据一个商场，一个展览馆，再把思路调个个，就都清晰啦！

这就是美丽的雕刻。

昨日傍晚，在看望老友途中，发现以前的楼房都刷新了。

老友没变，还是穿黄军裤白布衫，只是消瘦了些——这个来自火星的外星人，送我时非要为我加一件同样的白布衫。

秋风瑟瑟，我们穿着一样的粗布衫走在街上，有些傻也有些酷。

这种纯手工缝制的衬衫，会越洗越白越洗越白，你还记得儿时老人们常叨念的粘胶布吗，洗过几年真的就白亮剔透绵软贴心了。

是时间，还是时间，让生活的谜底一点点现出纯净的样子。

之所以还在感伤的回忆，还会恸哭，是因为，天真的凉下来了。

关于铁轨的笔记

每天清晨，被疾驶的轻轨列车震醒，那个时间很早，5：30或5：10——一只巨大的蚯蚓，从地下爬出了地面。

赤着双脚走到阳台，拉开纱窗向下望，只有两对空空的轨道：一切尚未发生，一切又似刚刚结束。

蚯蚓已经爬远。

回来躺下，等着下一趟列车冲刺过来，几次轰响之后，渐渐又会进入浅寐，被纷杂怪诞的梦境缠绕，很晚了都醒不过来，耽误过许多时间。

高温和炎热已然到来，空气里湿度似乎大于氧气，有点呼吸不畅。我被这几条铁轨包裹着，像浑身捆绑了钢丝。对于铁道，一向是有些惧怕的，很小的时候，院里的男孩偷了工地上的钉子，跑去放在铁轨上，列车驶过，钉子成了刀片，他们兴高采烈地奔回来把刀片送给女孩，以此证明自己的勇敢。

有一天，一枚钉子和一个男孩的右手同时变成了刀片。

我的脚心踩在与地面同一平面的铁轨上，心有余悸，遥远列车的魂魄在我脚下颤动，穿过我的下肢，直逼心脏，我的心跳也加速了，一个不安的预示，在难以预测的距离驶来，每一个匆匆穿过的人都无法言说未知的残忍，只是低头走过。

我女友的哥哥在多年前的一个冬夜，说铁道那边有人叫他，鬼使神差地扛着自行车穿越铁道，被冷硬的列车瞬间吞没。女友给我讲述那个冬夜时，也是一个暗寒的冬夜，她的眼神悲凄而又玄妙："哥哥为何要去铁道那边？那边没有他认识的人，一个也没有啊！"

我会被驶过来的列车挡在铁路一侧，这些驶向海拉尔或沙城的绿色铁盒是远离世间的，列车里的人在另一个世界活着，他们无奈地等着一个遥远的时间，他们必须要把这里当作生活的现场，才能顺利抵达另一个时间。我发现，车厢中开怀大笑的声音一向很少，被金属包裹着的躯体只有一个愿望：尽快离开这个铁盒子！

《千与千寻》是我看过多次的一部动画片。一家人并非搭乘火车，而是自驾汽车，穿过一条离奇的山路，抵达另一个世间——当然是非人的世间。这形式上的区别，没有降低我被另一个世间深深地吸引，那里发生了人间难以想象的出乎意料的故事。

——这大概就是我对于铁轨所带来的坚硬的延伸，莫名的难以言表的感受吧。

《穿越时光的地铁》，男主角走出地铁，却回到了父辈的青年时期，也就是自己的少年时期，甚至更早……他亲眼目睹了哥哥的车祸和父亲九死一生的经历。再回到现世，早已和父亲脱离关系的他，原谅了父亲……

还有海子、安娜·卡列尼娜，他们卧向铁轨，谁又能说他们走不到即将抵达的那个乐园呢？

可是，我还是惧怕铁轨的。此刻，万籁寂静，所有的生物都停止了爬行，包括列车。铁轨静静躺着，不接近，也不远离，有一种蓄势——尚未发生的或许更重要？

那些未知的残忍啊——

喜欢扁扁的若干条理由

今天让扁扁去奔跑了。疾驰在冬日清冷的甘草地上，勇猛得义无反顾，累得咻咻咻却仍舍不得停歇，与我若干年前的形态相当近似。所以，我喜欢她。

无论她多么欢腾雀跃，多么调皮戏耍，多么没完没了追击移动的拖鞋，咬了又咬，或者大闹天宫，又撕碎了一双新买的棉拖，还撕羊毛围巾、保暖内衣、袜子、鞋垫、电池、核桃……但是，只要一抱起她，立马安静乖顺服服帖帖，动如脱兔静如处子，性格立体！立体了就生动，生动了就可爱，可爱了，所以，我喜欢她。

她无知，对什么都好奇，对这个世界充满高度热情，眼睛总是晶晶亮！耳朵一抖一抖的。一个对未来充满美妙期待的傻了吧唧的小女生，我打心底里不想让她知道以后的曲折，我说了，要让她过一个为所欲为的一生，因为，我们谁都不能为所欲为！那么，她傻，她还傻，她还可以为所欲为，所以，我喜欢她。

她丑，我喜欢她，她不是俏妹妹，她不走偶像路线，有点偏实力，但也不卖力，用不着卖力，走自己的路，让别狗说去吧！爱谁谁！就冲她勇于唯我独尊的范儿，所以，唉——我喜欢她。

她的眼神，灌着委屈、幽怨、无奈……全都是人类的眼神！我叫她名字，她转过头，幽怨的黑眼珠，放心踏实地望着我——她是相信这个世界的，她还未曾遇到不相信的人和事，她相信我，所以，我喜欢她。

她咬断我的耳麦线，我的耳麦成了聋子。配了新耳麦，把她叫到跟前，指给她说："这个，以后，不能咬。"她就再也没有咬过。我的耳麦很安全。她真这么冰雪聪明？截至笔者发稿之日起，她仍保持这项优点，颇具心有灵犀的潜质，所以，我喜欢她。

我不反感她犯错，就像接纳自己的错一样，我不反感她喜荤厌素，就像我也有同样爱好一样，我不反感她过穷奢极欲的生活，就像我也幻想过那样的日子，我不反感她没有理想，就像我的理想基本实现不了一样。我今天说了，要让她随心所欲，想干什么就干什么，不想干什么就不干什么，不用把调调定得太高，也不用教她太多本领，简单、快活，傻傻地活着，最好！好在这些她都还不懂，幸亏不懂，所以，我喜欢她。

我回不去了，回不到从前，变回不到懵懵懂懂的那个无知、无忧、无虑的自己了，我曾经用许多年拼命摆脱无知，现在，我也许变得有知了，但也有忧、有虑了。我写过一篇文字——《开始我们都是新的》，说的就是过去那个浪漫的崭新的我。扁扁现在就是新的！她真的还是新的呀！所以，我喜欢她。

还有，她打针不哭，所以，我喜欢她。

我穿过了时间，而不是世界

坐在火车车厢里，望着窗外一点点后退的田埂、麦苗、树林。

这是华北平原，春季，嫩绿广袤的土地在北半球和煦乍暖的微风中如期回馈给世界静默的报答。

隔几个月，就有坐火车旅行的欲望。想象着，坐在小桌旁，呆呆凝望几小时的田地，看着庄稼、村落接踵而至，又一闪而过……

这次，我有十六个小时需要穿行。我的火车要从华北平原渐渐上行，海拔一点点升高，耳膜一点点加力，绿意渐渐稀疏，干枯鳞次而至。我做好了充分的准备，不会因为景色的退却而失望，也不会因为连续的隧道而不安，我很平静，像一个人的一生，漫长、克制、一闪而过，又无始无终……我甚至有些愉悦，我需要这样的原野，需要这样的麦苗，需要这样的苍凉和干瘪的羊群……

很多小站被列车甩了过去，看不清它的样子，它却依然在那，比我的年龄大，如同那棵树，依然在那，比我的年龄大。我心里踏实了，看到比我年长的事物，我就变得踏实起来。把一次长途旅行当作一次深深的慰藉，我要在火车上吃两顿饭，喝四杯水，睡一个通宵。我要在这个暂时固定的空间里过日子。我的态度变得认真起来，既然是过日子，就不能凑合，我要很正规地吃饭，很认真地沏茶，削苹果，倒垃圾，发呆，读报，看热闹。我可以潜下心来站着旁观隔壁乘客的一场长达三小时的牌局，可以听下铺的大爷讲述他的坎坷历史两小时。在这里，人民变得无条件地友善，他们相互帮助相互信任，在这十六个小时里，他们是同一屋檐下的一家人，他们要共同生活十六个小时，就都变得认真起来，他们很正规地吃饭，很认真地沏茶，削苹果，倒垃圾，发呆，读报，看热闹……甚至，有一桌还摆开了酒局，推杯换盏间酒香飘荡在整个车厢。

我真是非常喜欢这种其乐融融无比放松的世界——在这逼仄的车厢。我见到所有陌生人人性美的一面。也许，他们在上车前会是骗子、窃贼、江湖浪人、妓女、说客，而一上车，他们就变成了公务员、采购员、人民教师、公司老总、艺术家、大学生。车厢里播放着乐曲，有点俗，但挺轻快，大爷的儿子要去车厢连接处吸烟，临走时，嘱咐老人，该吃药了，水已经倒好，要是头晕就等他回来再吃……

这个儿子也有五十多岁了，穿着体面，冷峻寡言，但对老父亲无微不至、嘘寒问暖、万般体贴。

我们的上铺铐着一个罪犯，他一直躺在铺上睡觉，只有吃饭的时候押送他的警察才叫他下来。一个警察把罪犯和他自己铐在一起，先一同去趟厕所，然后回来，四个警察一个罪犯，围坐在一起吃盒饭，他们会不时地给罪犯盒里夹菜，罪犯也就默默吃了。一个警察给罪犯打开一瓶啤酒，四个警察也每人开了一瓶，罪犯放下右手的筷子，端起酒瓶，五个人碰了一下。

我看不出这个犯人犯了什么事，他戴着眼镜，像受过不错的教育，面庞白净，不像出身苦大仇深，一路上他一句话也不说，但也不疾恶如仇，倒像是什么事也没发生过，吃完饭又上铺上睡觉了。

车厢里安静下来了，婴儿停止了哭闹，音乐也停了，人们有些困倦，连续的隧道使得车厢里忽明忽暗，像是在白昼与黑夜之间来回穿梭，这是一种奇妙的感觉，比飞机在空中颠簸还要奇妙，因为无法预知方向，也无法预知下一个洞口，一切来得迅猛而又自然，你无法抗衡却又必须承受，这就是隧道，这就是一列火车的针，穿破地球的皮肤，缝合着世界的伤口。

每个人是伤口里的一粒细胞，活跃，宁静，随遇而安，随波逐流……

时间又过去了一小时……

中铺的两个大学生，是情侣，女孩披肩长发，穿牛仔短裤，戴无镜片黑框大眼镜，男孩齐耳蓬蓬头，穿牛仔长裤，同样的无镜片黑框大眼镜，时尚，相爱，他们不与别人说话，一直吃零食，还互相喂着吃，他们沉浸在自己的二人世界里。我也上床躺下，无意中与男孩的眼睛对视了一下，他迅速躲闪了，他那么白皙、清瘦，没有胡须。下意识地，我又看了他一眼，他正转过身去嘱咐女孩快上床睡觉，听到他说话的声音——他，是个女孩！

夜色沉下来了，西夏王陵的旷野上有星星点点的灵火，火车一下子消失在大漠中，一头失踪的困兽，忽的一下又爬出了地面，它抖了抖浑身的尘土，这头怀孕的母兽，独自踟蹰在荒郊野外，偶尔停下来，生出一些孩子，然后，再怀着另一些，继续赶路。

我曾经是一颗卵子，现在，又是一颗卵子，我在火车的腹腔，穿过了时间，等待诞生。

我必须穿过时间，我们必须穿过时间，我们只能穿过时间。

我们什么也阻止不了，我们无法阻止时间，历史也会倒退，但时间勇往直前，我们在它的腹中，渐渐进入睡眠，和睡眠里无边的梦幻……

亮光被熄灭了，思想的油灯被熄灭了，大地蓄势待发，这是另一些生命的世界，他们开始相聚、欢呼，和别离……

我要说，我看不到他们，却能感受到他们的存在，他们头顶微弱的光芒小心翼翼擦到阳界的边缘，庇护着我们的夜晚。他们，是我们的亲人、我们的祖先，以及，我们温暖的血脉！

还有什么比自己的亲人在另一个世间默默护佑着你更令你幸福呢——我的一枚金戒指套在姥姥的牙齿里，在阴间，已经十三年了，她一直保护着我，今夜又出现在我的梦中，让我回到童年。

后半夜，列车穿越中卫车站时，我醒了。这是腾格里沙漠的边缘，是被黄河冲积出来的一个大平原。若干年前，我在中卫永康乡吃糠咽菜，摸爬滚打了五个月，在84553部队磨炼出外柔内刚的坚毅意志。我戴着母亲的一只英纳格手表，时常被一个女疯子尾随，当然，她并非只尾随我一人，只要见到女军人，她都尾随。从部队驻地到永康乡，再从永康乡到部队驻地，她不辞辛劳，走走停停，一直跟随我。在一片杨树林里，我走累了，摘下军帽，坐在土埂上，她也坐下，离我二十米远。她一直盯着我看，一脸灿烂的笑容，我发现，她其实很漂亮，也很年轻，和我的年龄差不多，而且，她穿得很艳丽，但并不过分艳俗。我从黄军挎里掏出刚从邮局取回来的包裹，饼干、香肠、巧克力、粉饼、唇膏、润肤霜……我为什么要在这个树林打开这个包裹，我也不知道，或许是女疯子期待的眼神促使，又或许是自己急切的心情使然，总之，我在没有回到营地就打开了包裹，我准备在料峭的春风里，在这个刚刚露出嫩芽的杨树林里，把它们吞噬殆尽！我朝女疯子招招手，她迟疑了一下，慢慢踱了过来，我让她坐下，她坐在我身边，我递给她饼干、香肠、巧克力，我们一起吃起来了……尔后，我用化妆品给自己画了个淡妆，她看着我，示意让我也给她画，我就给她画上眼影，打上胭脂，抹上口红，最后让她照了照镜子，她一下子跳起来了，吓了我一跳！她拍着手，一跳一跳地高兴地跑回村里去了……

记忆，随着时间的推移，丝毫没有褪色，今夜，躺在昏暗的列车上，看见那个女疯子的幸福笑脸，想必，她现在还是那样幸福地笑着，而我们，却发生了太大的变化，我们的内心涌进了更多的杂质，把单纯的快乐挤得几乎没什么地方了，时间，能摧毁一个人的初衷，却摧毁不掉一个疯子的执着！

我挺羡慕她的。

第二天清晨，7点25分，我穿过了十六个小时，到达了终点。

被这头母兽诞生在冷风瑟瑟的世间，我不太适应外面的空气。从起点到终点，海拔升高了一千五百米，气温同比下降了五度。母兽还在产卵，她要把自己彻底掏空，完成一生的旅程，像一只大蚕，产完卵，就死了……